一如初見

Crazy Little Thing Called Love

by 袁晞

01

電視劇看得多了，偶爾也會有些跟角色置換的心情。

例如：如果我是那個誰誰誰（角色），發現圈圈圈（另一角色）是我親生老母的話，實在是不想活了。

又例如：如果我是那個誰誰誰（角色），在那種情況下跟某某某（另一角色）重逢的話，真不如死了算了。

當然，那也只是偶一發生的胡思亂想，誰都知道人生不是戲，沒那麼精采好看。然而此刻的我，忽然有種自己被丟進電視螢幕裡的錯覺，彷彿成了某場努力逗笑觀眾卻異常失敗的淒涼喜劇主角。

我知道我從來就沒做過什麼了不起的善事，但我也沒做過什麼不得了的壞事，現在是怎樣，上天祢有必要這樣懲罰我嗎？我只不過上次路過龍山寺的時候沒有拿香拜拜、路過清真寺的時候沒蒙上臉，用不著這樣整我吧？！

但似乎全能的宇宙主宰，偏偏在這場惡作劇裡選中了我，要我成為主角。是我不好，平時給的香油和奉獻不夠多，現在補捐款還來得及嗎？我可以不用收據，只求祢行行好放過我吧！

這家以餐酒會著名的法式料理不知何時把背景的古典樂換成了有人聲的歌曲。

已經坐如針氈的我，感覺冷汗從背脊肌膚滲出薄薄一層，我挺直了背，渾身僵硬，跟輕快無比的背景歌曲截然不同。

〈Sway〉是首極合戀人跳舞，充滿魅惑感的曲子，即使是一對陌生男女，在這首樂曲的催動下，也很可能從一支舞進階成情侶，它就是這麼一首無比浪漫的曲子。

但是，在跟前男友盲目約會的此刻，別說〈Sway〉，就算是泰勒絲還是席琳．狄翁趴在桌邊唱歌跳大腿舞，我也只想一死了之而已。

是的。

我現在正在進行 Blind Date，盲目約會，

而且直到坐下來才發現，面前的約會對象，是我算不太上前男友的大壞蛋。

嚴格來說，是兩年前狠甩掉我的負心人，王八蛋，狗雜種，下三濫（以下刪去五百八十七個負面形容）。

Blind Date 盲目約會，一般指的是完全不知約會對象底細的情況，通常是透過朋友安排或邀請。會無聊到同意朋友邀請、來參加盲目約會的人，有不少跟我一樣，只是抱著「好吧看在那個誰的面子上」、「至少今天不必一個人吃飯」的想法而來。Blind Date 普遍來說極少機會能「中樂透」，絕大部分的情況不是驚喜，而是驚嚇。

至於今晚嘛——我想「驚嚇」還不足以形容，那根本叫「驚恐」。

雖然來之前，已經有了「欠了純嘉這麼多人情就靠今天一次還清」、「不管是什麼難以直視的對象我都有信心可以看著半空中傻笑著吃完飯」、「至少這家餐廳很有名平常很難訂得到位子」等等的心理建設，但最後還是在服務生替我拉開椅子、約會對象起身示意時的瞬間崩解成粉末。

成以動（也就是本人無良黑心勉強算是半個前男友的傢伙）簡直就像一面鏡子，露出跟我一模一樣當場斃命的神情。

最了不起的是服務生，完全無視我們之間那根本不叫無言尷尬而是恐怖猙獰的表情，自顧自地替我放好了手提包，送上氣泡水和酒單菜單。哇靠你都沒有覺得這兩個客人之間氣氛不太對嗎？你還可以這麼流暢的服務，真是不簡單哪。

好吧，我承認我只是在心裡對服務生亂發脾氣，就算他察覺到了，也不能怎麼辦。

這樣下去，不是辦法。

我對自己說。

得明快地解決掉才行。

「嗯咳。」我盡量用客氣有禮的語調說道，「趁著現在還沒點餐，向餐廳道個歉走人，你覺得怎麼樣？」

成以動放下遮住半張臉的酒單，用同樣的客氣有禮的語調答道，「這間餐廳在訂位時就會預先刷卡準備食材。」

靠北。

「您的意思是，願意跟我面對面共進晚餐？」我就不信你沒在桌下握拳頭！

「唐小姐不介意的話，我無所謂。」成以勳收起尷尬驚訝的表情，隨遇而安似地淡定答道，「既來之則安之。」

要是現在扭頭就走，倒顯得我小氣、愛計較、放不下、不豁達了是吧？！

「……」

「聽說這裡的藏酒很豐富。」成以勳說著，卻闔上了酒單，「不過，唐小姐不能喝酒吧。」

我一喝酒就會發酒瘋的事這人倒是記得清清楚楚。

我冷道，「吃法國菜哪有不喝酒的。」

「兩年不見，看來酒量長進了不少。」成以勳揚起笑。

「笑屁啊。」我忍不住拍了下桌，沒想到桌上杯盤和銀製餐具發出清脆的碰撞聲，引得其他客人紛紛轉頭。

成以勳清咳了兩聲，服務生識相地一步靠近，「您好，需要為您做介紹嗎？我們今天的魚類有本店招牌紙包魚和特選鰈魚……」

基本上服務生說些什麼我根本無心去聽，反正只要裝盤漂亮菜名很長又貴又吃不飽每道菜都要換餐具大概就是法國菜了（誤）。

耳邊迴響著我本以為這輩子都不會再聽到的聲音，眼前是我以為再見到時會被我一拳毆飛的混帳王八蛋，我低著頭一面玩著餐巾一面試圖讓心情平靜下來。

有太多事需要思考。

首先，純嘉跟我同事只有一年多，因此她絕對不會知道兩年多前我的曖昧對象是誰，因此設局的可能性降低了一半。

再來，在邀約時，純嘉說「男方是我男友以前的高中學長，最近剛從日本回來，聽說是很缺女友但又很挑的高富帥」。我記得我那時還回道「既然很挑女友那我不是白白去當砲灰嗎」。如此說來，成以勳剛從日本回來……而純嘉跟她的現任男友羅威宇在一起也才半年多，這樣算起來，純嘉真的不太可能故意安排設計我。

問題是，羅威宇呢？羅威宇知不知道成以勳跟我曾經「假性交往」過？

我抬眼瞄了下正在詢問菜色的成以勳。

就憑他剛剛的表情，應該也沒想到今天出現的人會是我。

那麼，接下來就是最重要（？）的問題了——

成以勳之所以在我心目中是個混帳王八蛋，最大的原因就是因為他甩掉我之後很快地又跟之前的某任女友在一起，雖不至於「無縫接軌」，但我總覺得自己被大大耍了一場。

既然跟我分手之後馬上有交往對象，那麼，今天又為什麼在這裡出現？

單身？

剛從日本歸國？

真的假的。

「——妳對海鮮沒愛，所以主菜我替妳點了白汁燴小牛肉，可以嗎？」

成以勳的聲音把我拉回現實。

我茫然抬頭，只見服務周到的侍應彎著腰等我點頭。

我連忙說道，「好的。」

侍應重複一次點菜後，補充了一句，「今晚我們舞池有開放，現場演奏也接受點歌，如有需要請儘管吩咐。」

點歌是吧，那來首劉德華的〈苦纏〉怎麼樣？

我是絕對可以　假裝不曾相識

讓過去現在　如雲煙散去

點完菜之後，我意識到自己不能老處於這種心驚膽顫的情緒。依照成以動那個性，八成會以為我是因為對他還舊情難忘才如此坐立不安。

我拿起水杯，故作鎮定地喝了點水，放下水杯後我開始打量餐廳。裝潢用心，氣氛不錯，料理頗負盛名，服務態度良好……這麼優質、值得享受的一家餐廳，但眼前坐的卻是讓我完全無法放鬆的傢伙——

真不愧是聖狗屎啊。

「算一算，」成以動大概也覺得這樣尷尬下去不是辦法，索性開口，「兩年多沒見了吧？」

「嗯。」我把視線從遠方的掛畫收回自己的餐盤，跳過他。

「最近好嗎？」

「差不多。」為了掩飾自己的焦慮，我又喝了點水。「聽說你剛回台灣。」

「喔，嗯。也不能算『剛』，大概三個多月吧。」

「什麼時候回去？」如果菩薩有靈請讓我聽到一個比方說一天之內的答案謝謝。

「如果短時間內就要回去，羅小宇也不會硬要我來盲目約會了。」

菩薩算祢狠，明年我絕不再花錢點光明、月老、拜斗燈！

「……抱歉白白浪費了你一個美好的夜晚。」我諷刺地說道，「為了補償你，各付各的吧。」

「我說糖糖啊。」

糖糖是你這外人叫的嗎？

那是暱稱，是給朋友給家人叫的，不是給壞蛋！

「妳放鬆一點吧。」成以勳淡然地望著我，緩緩說道，「……會這樣重逢，也是一種緣分。」

我還以為跟你的孽緣早就斷得一乾二淨了。

原來是我想得太美好。

成以勳見我不說話，自顧自地淺笑道，「話說回來，我以為，妳至少會對我為什麼單身有點興趣呢。看來是我太高估自己了。」

那笑容還是一樣該死地好看。

「……你這麼期待我問的話，那好吧——請問你為什麼單身？不過我想這是個人隱私，你如果不方便講的話，我完全可以理解。」

你真心覺得我會想知道、會想聽？

成以勳彷彿看透我，聳聳肩，「很方便啊，沒什麼見不得人的理由。」

唷，現在還正大光明是吧。

「簡單來說，」成以勳微笑著，「對方覺得我不夠愛她，她想一個人生活看看。」

不夠愛？

我根本都覺得你是為了跟她復合才甩掉我的，這樣還不夠愛？

那時明明就踩著我的眼淚走向她不是嗎？那現在怎麼可以分手？死都要在一起才對啊可惡。

「那你，就好好證明啊。」我說。

你可以大聲告訴她『嘿寶貝我為了妳甩掉來跟我告白的女生喔妳看我多愛妳』，去啊去啊。

成以勳不置可否，在他思索語句時，侍者送上了前菜，然後再度確認我們是否真的不需要佐酒。

「……不過，」成以勳拿起餐具，「我很訝異妳還單身。」

「是嗎。」你是覺得我人盡可夫只要是男人就願意交往嗎？

「從那時候一直……單身到現在嗎？」

「哪時候？啊，你是說你耍完我的時候嗎？是的，沒錯。」

事實上，嚴格來說是這二十幾年來，都、單、身！

到底為什麼我要在這種令人極度不爽的氣氛下品嚐貴得要死的 Bayonne 火腿？！根本食不知味。

「糖糖……」

我抬眼瞪他。

成以勳倒是無懼，平靜地回望，「我一直都想跟妳道歉。」

「……」

「對不起。那個時候是我不好，傷害了妳。而且我以為，妳其實沒那麼喜歡我，即使受到打擊，也一下就會拋諸腦後。真的對不起。」成以勳以不卑不亢的態度說道。

什麼叫「我以為妳其實沒那麼喜歡我」？我還真希望自己「沒那麼喜歡你」，那樣，就不會痛那麼久，也不會難過到現在了。

「如果今天晚上沒在這裡相遇，恐怕我這輩子都聽不到你的『對不起』了吧。」

對，沒錯，我就是幼稚不成熟，真是不好意思喔，我就是沒辦法裝風度，笑笑說一句過去讓它過去沒關係。

雖然一點都不願意想起，但那時的心痛一瞬間全湧上來。

我的聲音有點啞，眼眶有點痛，「理論上這應該是個美好的夜晚，所以，要是你打算繼續談話，那我們最好換個話題。」

成以勳大概沒料到我連假裝雲淡風輕都不想，他略略點頭，「……抱歉。」

我知道很多兩性專家都會在這時候提醒女孩子們要寬宏大度，就算是假的也得假給人家看，但是抱歉喔，我做不到。

老實說我真的覺得那些勸女生從情傷中走出來的文章寫得事不關己，你又不是我，你怎麼知道我有多痛，你以為我不想走出來嗎？我也想啊，問題就是走不出來嘛可惡。

剛被成以動甩掉時，至少有半年時間我每天都在看兩性專家的文章，想知道自己到底是哪裡做錯了哪裡惹人厭了哪裡不及格了，之後改看那些勸人放下、重新開始的文章，也看了至少一年——然而，結論就是，這些文章完全對我沒有效果，只是讓我更難過而已。

不知不覺中，我把前菜切得碎碎的，但卻沒送入口中。

早知道就算賠錢了事，也不該留下來的。

「……所以說，羅小宇的女朋友，是妳同事？」這大概是成以動最後最後所能想到的話題了。

「嗯。」想起純嘉足足拜託了兩星期，就覺得這一切無比可笑。

「羅小宇拜託我一定要來。」成以勳說著，放下刀叉，「但其實我也告訴過他，我可能沒辦法再跟女孩子交往。」

「那你來幹嘛？」我不禁回嘴。

「剛剛說了，因為羅小宇拜託——」

我看著成以勳，「不對呀。」

「嗯？」

「純嘉——也就是羅威宇的女朋友、我同事——是說他們想盡方法要替羅威宇的學長找女朋友，但一直失敗，所以才安排這次盲目約會。如果你不想要跟女生交往，那他們幹嘛費盡心思幫你牽線？這邏輯完全不對吧。」

成以勳忽地淺笑，「妳知道嗎，他們跟我說一樣的話。只是角色對調了。他們說純嘉的好同事單身很久了，一直都沒有遇到好對象，這才拜託我來，讓純嘉的同事覺得人生還有機會。」

「羅威宇跟純嘉在搞什麼把戲？」

「不知道。」成以勳簡潔地說道，「也許他們只是覺得，我跟妳看起來都孤苦伶仃，又是單身公害，不如乾脆送作堆好了。」

我相信純嘉也許會這麼想。

但是有必要做到這種程度嗎？

雖然我們算是很要好的同事，不過——

需要這麼為我付出嗎？

老實說，我就沒那麼大的愛心替單身同事奔走。

莫非是我這人太冷血無情？

——還是交個男朋友吧，或者找個曖昧對象也不錯啊，至少有人可以一起吃晚飯，偶爾可以相約看看電影，家裡燈泡壞了還有個人替妳修修燈嘛。

純嘉總是這麼說。仔細想想，還說了至少一年以上。

沒想到她是真的這麼擔心我。

唉，真是。

我的單身該不會給身邊的人造成不少負擔吧？

「不過，」成以動問道，「這頓飯結束後，他們一定會來關切。妳想要跟他們怎麼說？直說？」

「直說？」我不以為然地答道，「這樣純嘉他們一定會很尷尬自責的。」

「妳有什麼好建議？」

「不知道。」雖然純嘉和羅威宇完全是多管閒事，但畢竟一片好心。我想了想，「但是，如果不說清楚，他們會不會繼續起鬨？」

成以勳思考了一下，「那就折衷說吧。」

「什麼意思？」

「可以告訴他們，我們本來就認識。」

「然後我向你告白被你列入觀察期玩弄之後又狠甩的部分跳過不講？」不知為何，這句話一脫口而出就有種爽快感！這還是今晚第一次！

成以勳果然苦笑以對，「當時是我不好。」

「那你好好想想要怎麼贖罪吧。」

「……雖然我真心想贖罪，但我還是沒辦法綁架生田斗真或松坂桃李給妳，對不起。」

「誰跟你生田斗真——」

真是沒料到，我竟然笑了。

唉。怎麼被他三言兩語就逗笑了？

我還沒記取教訓嗎？

這人討女孩子歡心的手段可是一流的，之前就是因為這樣，才傷得那麼重。

還來？別了吧。

「雖然只是水，但是，久別重逢。」

成以勳煞有介事拎起水杯，那笑容有點落寞也有點脆弱，我第一次看到他那樣的神情。

「你覺得我有心情跟你乾杯？」

「我覺得妳有這個風度。」成以勳聳聳肩，放低聲音，「妳也不希望服務生看到我們針鋒相對劍拔弩張，搞得他連上個菜都膽顫心驚的吧。」

「……」我心不甘情不願地拿起水杯。

走出店門口，成以動漫不經心地伸個懶腰。

我也終於重重地吐出一口氣。

很微妙的，兩人不約而同表現出「戰爭總算結束了」的表情。

「今天謝謝妳……」成以動望著我，「給我這個機會。」

過了幾秒，他又說道，「我打過好幾通電話給妳。但是妳搬家了，手機號碼也換了。我……我也不知道妳離開楊氏重工之後去了哪裡，好幾次想打去問問以前的同事，不過沒打。」

「你沒打是對的。」我說，「我換來現在這家公司，已經快兩年了。」

而且當初離職的原因，有一半還是因為你。

因為每當我下班，走出公司，就會下意識地張望。

因為你曾經在騎樓轉角等著嚇我，給我驚喜。

觸景傷情的我，最後選了超沒用的方式避開這些。

我稍微甩了甩頭，把那些惱人的回憶甩開，試著平靜地望向成以動。

……這人沒什麼變。或許成熟了一點，穩重了一點，但那雙總是帶著笑的眼睛，一點都沒變。

成以勳對我的視線並無不滿，只是伸手摸了摸自己的臉，「我變很多嗎？」

「你沒什麼變。」我搖搖頭。

完全沒有變醜變老變不帥，可惡。

「妳也沒變。」

「基於禮貌，你至少該說一句『好久不見愈來愈漂亮』什麼的吧。」

成以勳淺勾嘴角，跟以前一樣，還是往左上揚。「妳是可愛型的，跟漂亮無關。」

那你也該來一句愈來愈可愛啊。

竟然說我跟漂亮無關，你是真心想求我原諒嗎?根本說笑吧。

我哼了一聲，不以為然。

「我有開車，也想送妳，但妳應該不願意吧。」成以勳從長褲口袋掏出車鑰匙，在手上拋啊拋的。

雖然我很懶，但還沒讓懶惰吞噬本來就不多的自尊。

「謝謝你的好意，我搭捷運回去就可以了。」是該告別的時候，我說道，

「Bye。」

「我陪妳走去捷運站。」

「不用了，捷運站就在前面。」也不過就一個路口的距離，陪什麼陪。

成以勳微笑，「就是因為很近，所以我才敢提。只是一起走個三分鐘，妳不至於連這都拒絕吧。」

我嘆口氣，想嚴辭拒絕，又覺得正如成以勳說的，才短短三分鐘的路還拒絕，不更讓人覺得我小氣巴拉要不就是心裡有鬼？

「隨便你。」

成以勳把車鑰匙放回口袋，往我靠了一步。

——如果可以，我想掏出自己的心臟狠狠往地上丟，接著再衝過去踩個幾腳。

因為，就在成以勳往我靠近的剎那間，我的心急促地亂跳了幾下。

竟、竟然這顆心對成以勳還有反應，我對著自己的心臟大喊——

這個混帳王八蛋當年讓妳受了這麼多苦讓妳天天絞在一起還好幾次難過到快要停掉，妳竟然完全沒記取教訓，還敢對他有反應，真是不想活嫌命長了。

「……妳沒事吧?臉色忽然有點蒼白。」成以勳問道，「消化不良?」

「啊，好像是。」我只好隨便應付。

不然呢?難不成我要直接告訴成先生我正在痛罵自己的心臟嗎?又不是瘋了。

「妳的臉色真的不太好。既然不舒服的話，別搭捷運了，我送妳回去吧。」成以勳在路口攔下想過馬路的我，說道，「要是不想坐我的車也沒關係，我可以叫計程車送妳。」

他的表情相當認真，我不禁皺眉，「你反應過度了喔。」

「跟我並肩走在路上，有這麼痛苦嗎?」成以勳顯得有點受傷。

「哇塞現在變成我是反派了?」我忽然不受控制地脫口而出，「就你現在這表情，不知情的人還以為我欺負虐待你了。」

成以勳聞言，竟然得意地輕笑起來，「我就說嘛，妳還是張牙舞爪的樣子可愛。」

「啥?!」

「我從以前就覺得妳是隻小野貓。」

「我是野貓，那你是什麼？哈士奇還是豆柴？」

到底為什麼我要接話？

一說完馬上後悔不已。

「我是貓罐頭。」成以勳以十分熟悉的輕佻語氣說道，「妳一見到我，就想把我撕個粉碎，不是嗎？」

我真是——

無言了無言了。

「……姓成的我還沒有原諒你喔，你現在是想要加強我絕不原諒你的決心嗎？」

成以勳瞬間收起那副輕佻，舉起雙手表示投降，「開玩笑的。」

「哼！」

□

在捷運入口，成以勳和我道別。
進了捷運之後，我盡量不去意識成以勳正目送我，快步地走向月台。
一路上我不停地對自己重複：
不要回頭，絕對不能回頭。
只是我也知道，既然還需要這樣勸誡自己，
那就足以證明，成以勳對我的影響，一直都在。
一直，
還在。

晚上九點多的捷運還是不少人。
我抓著吊環，看著車窗反映自己的臉。
為了今天這場約，我細心地化了妝，近三個月來第一次買新衣服。雖然一邊準備一邊覺得索然無味，也早有預期盲目約會沒什麼好結果，但現在卻很慶幸有好好打理自己才出門。
再怎麼說也絕對不想讓曾經喜歡的人看到自己邋遢的樣子。

當然，這很可能只是我自己一廂情願，對成以動來說，我是什麼樣子都無所謂吧，一個已經被貼上大大「往事」標籤的女孩子，如今是怎樣的存在，我想對他來說其實一點都不重要了。

人總是容易把自己想得太重要。

話說回來，這種只會在電視上發生的事竟然就這樣讓我遇上，上次世足賽還有威力彩連槓好幾期買彩券的時候怎麼就沒有這種「好手氣」？

——我打過好幾通電話給妳。但是妳搬家了，手機號碼也換了。我……我也不知道妳離開楊氏重工之後去了哪裡，好幾次想打去問問以前的同事，不過沒打。

不知為何，成以動的話驀地躍上心頭。

我在細思之前阻止自己，那是官方說法，不必理會。

是啊，別把客套話當真。

當年傻過一次，夠了。

02

回到家的時候還不太晚，亮亮姊正在打包，客廳、廚房都堆滿了紙箱。

「咦，妳回來啦。」亮亮姊抬頭看了眼牆上掛鐘，「不太早也不太晚，看來這個『盲目約會』還可以的樣子？」

我把高跟鞋踢掉，連人帶皮包摔在沙發上，「別提了。」

「有這麼糟嗎？我本來還以為妳不到八點就會衝回來。」亮亮一邊把瓷盤包上紙，一邊說道，「是不夠帥還是不夠聰明？」

「又帥又聰明。」我都想哭了真是。

「那就是很窮了？」

「雖然不是富二代，但應該還算專業人士吧。」意思就是薪水不至於差到哪去。

「難道他其實是同性戀，盲目約會只是為了家人安心才參加的？」亮亮姊不愧是小說家，什麼都想得到。

「啊啊啊妳別再問了。」我抓起抱枕，結果一失手抓到貓尾巴，「……

啾啾，給抱嗎？」

「唔喵。」

我被啾啾狠狠拒絕了。連貓都不喜歡我，何況是男人（拭淚）。

「不過，為什麼這麼晚還在打包啊？」我問道，「亮亮姊妳不是在趕稿嗎？不急著打包吧？」

「本來是不急，但是我家已經重新裝潢好啦，想早點搬回去。」

「這麼快，本來不是說要半年嗎？」

「工程班大概是因為我太常去監工了，所以效率百分百吧，哈哈。總之啊，能早點回到自己家還是比較好，對吧啾啾。」

啾啾完全無視，自顧自地舔肉球中。

亮亮姊的舊家本來是姊妹一起住，不過半年前亮亮姊的姊姊結婚了，跟老公搬去淡水，因此亮亮姊按照自己的喜好，全屋重新裝潢，廚房衛浴都重新翻修配線，是很大的工程，因此她才帶著愛貓啾啾來分租整層公寓。

「那，在房東阿婆重新找到房客之前，我應該要鎖好房門，把私人物品全都放回房間才行。」我想了想，說道。

亮亮姊拿著膠帶把紙包的餐具都貼好，笑道，「妳是考慮到阿婆會陸續帶人來看房子，怕不方便是吧？」

「當然啊，房子乾淨整潔，比較能遇到好室友嘛。」不過難保有什麼奇怪的傢伙來看房子，所以私人物品也要妥善保管才行。

「這點妳就別擔心，已經有新房客了，中間不會有看房階段的。」亮亮姊手上的膠帶發出嘶嘶聲，「阿婆沒有要租給別人，她說她有親戚要住。」

「是喔，兩間都是？」亮亮姊一次租了兩間房，一間是雅房，一間套房，不知道對方是不是也要一次接收兩間。

亮亮姊點頭，「嗯嗯，好像是。大概跟我一樣行李爆多吧。」她又道，「所以啦，反正我早點退租，阿婆也剛好不用另找新房客，那我就可以順理成章，早點帶啾啾回到我們的小天地啦～嘿嘿。」

說到這兒，我有點依依不捨，「可是，跟妳一起住挺開心的，也習慣了。」

亮亮姊忽然用極感嘆的口吻說道，「唉這句要是一位四十歲以下的單身高富帥對我說的那該有多好。」

我笑了出來，「亮亮姊妳還真是——」

「身為一個嚴重缺乏桃花的愛情小說家是很悲催的好嗎。」亮亮姊笑著把包好的碗盤餐具放入紙箱，「奇怪了，我搬家前明明就丟掉一堆東西，怎麼現在要搬回去又覺得東西變多了？」

「身為妳的同居人我一定要說，我幾乎每隔幾天就會替妳收到網購的宅配。」我說道。

「是這樣嗎，哈哈哈。」亮亮姊笑道，接著忽問，「對了，我記得妳的租約到年底？」

「對呀，到時如果要搬的話，最慢農曆年前一定要找好新房子了。」

「那妳想搬嗎？」亮亮姊問。

「阿婆人那麼好，租金也很合理，如果之後她的親戚來住，沒什麼相處問題的話，當然是希望能續約囉。」我用食指敲著下巴，想了想，「而且一想到要找房子，就覺得好麻煩喔。」

「這倒是，我當初也是找了快半年才找到可以一次租兩間房有折扣，又可以養貓，還可以短租的地方。」亮亮姊伸個懶腰，環顧四周，「是有點不捨，不過還是很期待回到漂亮的新家。」

「真好。那以後就看不到啾啾了。」

「整理好之後會邀妳來玩的，不過要帶貓罐頭當伴手禮喔。」

我笑道，「好啦好啦，我哪敢空手去。」

「哈哈。」

□

洗完澡坐在床邊，一面擦乾濕髮，一面把手機接上電源。

Line 跳出純嘉傳來的關心訊息，不過我完全不想點開來看。

雖然說跟成以勳達成共識，會跟純嘉輕描淡寫地說句「哎呀好巧我們本來就認識了」，不過這個晚上所受的衝擊，仍持續發威，並沒有稍微減緩的趨勢。

我放下手上的毛巾，拉開梳妝台上的壓克力收納盒抽屜，稍微用指尖摸了一下，果然在抽屜深處摸到了一對小小的楓葉耳環。

這副成以勳送的不值錢耳環之所以沒被我丟掉，是因為這是在我們初識時收到的，既不是定情信物，也沒背負什麼恩恩怨怨，只是非常單純的禮物而已。被成以勳甩掉時，我把他送過的禮物（其實不算多）全扔了，唯獨這副廉價又不起眼的耳環讓我猶疑許久。

那時我搞不清楚自己是真心覺得留著也無妨，還是想替這段短命的戀情（？）留個紀念，總之並沒扔掉。可是，留下之後，卻又覺得礙眼，於是就塞進抽屜深處。大概在半年前，我曾經為了找另一對耳環，把抽屜裡的東西全倒出來，後來，要找的沒找著，倒是看著成以勳送的這對深紅色小楓葉良久。

說不上來是難過還是惆悵，唯一可以確定的是，不愉快的心情還是久久未散。

怨恨一個人怨恨了這麼久，我看我也真是有耐性。

跟成以勳是兩年前在舊公司認識的。

他是業務部那邊的日本客戶負責人，而我負責會計出納部裡的東北亞海外收付。兩個人一開始是因為帳款和海外稅金的問題開始互動，然後他時常教我使用一些3C產品，也很會逗人開心，不知不覺就愈走愈近了。

後來，聽說他有交往多年的女友，而且還是他們部門同事「專程」告訴我的。

會需要到別人「專程」來告知，我才警覺我們之間的互動恐怕已經變成了跨部門八卦。於是成以動跟我，開始不約而同地保持距離；不久後他調去日本一季，等年底再回來時，他突然傳訊告訴我，他跟女朋友分開了。

起初我沒有多問，一方面是覺得他正在情傷之中，沒必要往他傷口撒鹽，另一方面我有點擔心，該不會是自己害得他們分手。不過這種自戀（？）的想法馬上就煙消雲散——我要是那麼有魅力，也不會一直母胎單身了。

再之後，沒想到在某個假日，我跟當時的同事約在信義威秀看電影，結果被同事放鴿子，碰巧遇見一個人出門溜達的成以動。他說選日不如撞日，不如一起去看場電影。

從那天起，我才算是真正跟成以勳更進一步。

那年我二十二歲，大學畢業不到一年，屁（誤）男友都沒交過，很悲催。

成以勳二十四歲，情史豐富，從國中開始就愛把妹，聽說高中是他的桃花全盛期，兩年六學期，每學期換一個女朋友，從學姊同學到學妹都不放過。

一個菜鳥對上老手，後果可想而知。

那陣子，下班之後偶爾會見面，但大部分時候，都是窩在各自家裡講電話。真的就只是講電話而已，什麼都講，什麼都講不膩，就這樣過了一兩個月。

總之，成以勳那時在某通電話裡說，剛跟他「穩定交往很多年、而且很支持他、非常溫柔、有女人味」的前女友分手一陣子，他說他也不知道自己現在適不適合再談戀愛。對於這點，當時的我抱持肯定態度，畢竟這證明他並不是個薄情的人。在那個當下，我沒特別回應什麼，只是突然腦筋斷了線地問他：

——你跟我講這個做什麼？

然後那時，成以動噤聲許久，才緩緩說道：

——唐小姐，妳現在跟我裝傻嗎？

——什麼啊？

——妳明知故問。

——誰明知故問了？我是真的不知道你幹嘛跟我說這些。什麼「不知道自己現在適不適合戀愛」，還有要我明白「之前的感情因為在一起很久，所以相當有份量」。

——……女生呢，笨一點比較可愛，但是連這些話都聽不懂，那就……

——那就怎樣？

——那就真的有點笨了。

——喂！

——妳不是學會計的嗎？以妳的腦筋，我們公司的帳目很危險啊。以後要付給日本客戶的帳款我恐怕要再三確認了。

——哼。你少扯開話題。你還沒解釋清楚，你到底跟我說那些幹嘛？

——……妳不是有點喜歡我嗎？我覺得有必要先讓妳了解我這邊的狀

況才行。

——我什麼時候——

——呵、呵、呵。

——……

——說不出話了嗎？

——……

——是不是覺得我很敏銳？

——……我好想死。

——哈哈，不然妳打算隱瞞到什麼時候？

——不知道……我一直覺得我演技很好，你應該什麼都沒發現。

——妳演技爛得可以。

——……

——怎麼啦？

——我不想活了，好丟臉。

——這有什麼好丟臉的？妳眼光很好。

——你、你這人，厚顏無恥耶。

——是嗎，好說好說。

——……我、我要掛電話了。

——好吧，那妳乖乖的，不要老是踢被子啊，早點睡吧。晚安。

印象很深刻，那通電話最後因為實在太丟臉了，只好非常倉促地結束通話。當時的心跳感（以及愚蠢），即使現在回想起來，還是覺得相當不可思議。該怎麼說才好，雖然不是沒暗戀過人，但就這麼被對象直截了當說破，還是第一次。

那通電話之後，成以勳跟我的關係又往前（現在看來則是往「糟糕」）的方向邁進了一些。最後，成以勳某天跟我在咖啡店見面，問我可不可以給他「觀察期」。

——觀察期？那是什麼？

——不好意思喔，不管那是什麼，妳都不能拿來吃。

——喔唷！我又不是豬。

——妳確定嗎？怎麼看都是上等肉呢。

——你這個排骨酥！

——哈哈哈哈。

——還笑。好啦，你解釋一下，到底觀察期是什麼。

——這個嘛，我必須很老實說，我還不知道自己的情感調適好了沒有。也許妳會覺得我這種說法不負責任，但是我自己的狀況確實仍然如此。我跟她之間，也還有一些事情沒處理完。她家裡……也有一些狀況。

——所以呢？

——所以，妳可以給我一段觀察期嗎？我希望，妳可以給我時間把跟她之間的事處理好，她家長輩從以前就對我非常好……另一方面，也需要讓我的心完全淨空。

——那如果你淨空失敗呢？

——我想過這個問題，人的心太難說，我也不知道。也許觀察期會提早結束，也許，可能到了最後會發現，我跟妳並不適合。

——……

——我知道這對妳來說是很過分的要求，會一直處在不安的狀態下，不過，我不想欺騙妳，也不想假裝自己已經把過去忘得一乾二淨可以馬上重新開始。妳明白我的意思嗎？

——如果，我拒絕觀察期呢？

——我會很難過地跟妳說，那就暫時不要聯絡。

——你，你這根本是威脅我。

——那妳要不要被威脅？

——……還是有「萬一」的，對吧？

——……如果我能百分百肯定，那就不會提「觀察期」了。

——要是被觀察到最後，你還是覺得我們不適合，那我會殺了你。

——萬一萬一，真有那麼一天，我會洗乾淨脖子等著的。

——哼。

別說現在，就算是那天回家之後，想起來都覺得成以動的要求很過分。可是像我這樣的笨蛋，像我這樣喜歡他多過於他喜歡我的處境，自然而然還是答應了。我大概就是兩性專家文章裡的蠢女人代表吧，唉。

「……洗乾淨脖子等著是吧。」

我喃喃自語，把那對耳環扔回小抽屜。再度拿起毛巾時才發現，長髮竟然已在不知不覺中快乾了。這倒好，省去了吹乾的時間。我對鏡笑了，那表情卻比哭還難看。

□

「早啊！」一隻粉嫩嫩的手臂掛上我的肩，「昨天幾點回家的呀？怎麼都不回我 Line？該不會是不方便回吧～」

「林小姐純嘉，一大早發什麼神經啊。」我瞇起眼，「我早早回家早早就寢，不行嗎？」

純嘉有些訝異，拉開座椅，把皮包隨便一丟，「欸妳說笑吧，我們小宇的學長我看過照片，真的很帥很耐看耶，而且是難得的氣質型，要是我還單身，早就自己留著用了。」

「留著用這種話妳也說得出口，小心我告訴羅小宇。」

純嘉不以為意，「他有自知之明啦，他自己都說這個什麼小成學長是極品啊馬中呂布什麼的。」

「是馬中赤兔，人中呂布。」馬中呂布到底是什麼啦。

「意思一樣啦，就是很強很棒很極品的意思。」

「不過呂布下場不是很好耶。」我隨口說道。

純嘉瞪大眼，「欸看來妳很討厭那個小成學長？」

「沒有啦。」我考慮了幾秒，決定照約定好的內容說，「昨天見到面真的很扯，那個成以勳，是我以前在楊氏重工的同事，只是他比我先離職……」

「靠！不會吧？！你們認識？！」

我故作無奈地聳肩，「對啊，好尷尬。」

純嘉誇張地扶著額頭，「天哪！怎麼會這樣！我跟羅小宇評估很久耶！」

「評估有什麼用？重點是要花時間了解目標物的底細吧，這點看來妳和妳家羅先生都沒有做到喔。」我看了看四周，還沒有其他同事進來，續道，「還有，妳跟我說，羅小宇的學長一直拜託你們牽線，但你們找不到適合的女生，所以只好來拜託我去應付一下，但是，你們也跟成以勳說了一樣的話，對吧？」

「哎呀，被妳發現了。」純嘉吐吐舌頭，「這就跟買賣房子一樣，是話術嘛。」

「老實說我跟成先生討論了很久，還是不知道妳跟羅先生幹嘛沒事硬要把他跟我湊在一起。」我說。

要在一起早就在一起了，還等到現在嗎？

真是想到就傷感。

「就……妳不知道，小成學長剛回台灣的時候，真的很憔悴，我家那隻就很雞婆啊，希望幫助他尊敬崇拜的學長早日找到幸福，平復心情，所以才整天要我幫忙想辦法。」

「那幹嘛扯到我？」

而且，聽起來成以勳跟他那位「交往很久感情很有份量」的前女友好像鬧得不是很愉快？還是其實中間根本就換過人？！

純嘉解釋道，「因為妳也單身很久了嘛。後來我就想說，既然如此，妳可能比較積極想找對象……」她露出了心虛的表情。

「妳的意思是說，我八成會因為單身太久所以完全不挑囉。」

「哎呀不要曲解我的話嘛嘻嘻。」

「真是受不了妳。」我沒生氣，也沒發怒，只覺得隱隱的疲倦。

純嘉看著我，「可是，雖然妳和小成學長以前是同事，但是這不代表你們現在不能做朋友啊。」

話是沒錯。

何況純嘉他們也不知道成以勳跟我之間的事。

我半是真心地說道，「但我看上人家，人家不見得看得上我。妳自己也說啦，成以勳不管是外貌還是其他，都是極品，眼光必然很高，我只有被打槍的份兒。」

不騙妳，我真的被他打槍。

雖說那是兩年前的事，但是我相信，就算換到現在，我還是會被他再打槍一次。

「……唉，好像讓妳很不開心，沒想到會變這樣，真不好意思。」純嘉嘆了口氣，「對了，我有個高中學長，人很不錯而且外表超帥，自己開公關公司還是電影導演，也當過模特兒喔，而且超有錢，現在單身，要不要考慮一下？」

「這種人會單身？妳少來。」

「真的啦！他之前喜歡一個編劇，後來人家發他好人卡，他不曉得多失落呢，改天介紹給妳認識。」

「那個編劇嗎？」

「我說的是我學長啦！」

我真是被打敗了，「你們怎麼那麼多學長啊……」

學長這種東西，不是出社會之後就會拋諸腦後嗎？還留來幹嘛？就像買來要在撿栗子時候穿的長褲一樣，一輩子也用不著。

「早。」伴著明快的招呼聲，組長大步走進辦公室。

「組長早。」我跟純嘉異口同聲回應，純嘉同時把椅子滑回自己桌前。

組長看著我們，微笑，「在講什麼悄悄話嗎？」

「沒有啦，呵呵。」純嘉連忙否認，打開電腦和螢幕。

雖然只是一大早，什麼事也沒做，但我還是不由自主地動動頸子，鬆了鬆肩膀。疲倦感從心理滿溢至生理，讓人提不起勁兒來。

真沒想到，都已經過了兩年，我還是沒辦法輕鬆以對。這時由衷羨慕那些可以輕鬆開始、結束感情的人，真好。只是，我自己也不明白，為什麼那個人至今仍能在我心裡佔著那麼大的份量。

直到電腦螢幕跳出組長傳來的訊息映入眼中，我才驚覺自己差點又陷入了胡思亂想。

——下班後有空嗎？齊貞從美國寄了東西來，有一份要轉交給妳。

——喔喔，不好意思，麻煩你了，我有空。

——那就下班後，在路口星巴克見。

——好的，謝謝。

齊貞是我們組長的妹妹，也是我的好友之一。

當我「迷」上成以勳的時候，齊貞倒是很清醒，一直要我別放太多感情。她說，像成以勳這種把醜話都說在前面的人，手段很厲害，到時怎樣了，雙手一攤，一句「我早就說過了，是妳自己願意的」就可以輕鬆置身事外。

雖然齊貞的話我咀嚼了很久，但我還是沒辦法控制自己，就這樣一頭栽進去。後來事實證明，齊貞根本是洞若觀火，我呢，就是十足笨蛋。

唉不知道齊貞這些年來到底怎麼忍受我這個笨蛋的。

後來因為失戀的緣故，我離職了，也是齊貞打聽到現在的公司有職缺，要我來面試看看。

不過，齊貞倒是沒事先告訴我，她的哥哥也在同間公司。大概是想說我們不見得碰得到面，或者怕我不好意思，以為是靠人情關係才進得來。該怎麼說呢，跟我這種大剌剌的粗線條相比，齊貞敏銳又纖細，而且頭腦很好，想法也比較周到。

「——唐小姐，這個月的請領清冊處理好了嗎？處理好麻煩 mail 給我。」組長的聲音傳了過來。

我回了句「好的」，要自己專心工作之中。

□

午飯時間純嘉再度慎重地跟我說了不好意思，我並沒有責怪她，她是一片好心。她還說有收到男友的訊息，看來成以勳也一如預定，跟羅威宇說明了。

這件事可說告一段落……

但不知為什麼，卻有種像是早上出門後卻發現烏雲密佈，但又懶得回家拿傘的那種煩悶感。並不是真的發生什麼事，也正因如此，要抱怨要生氣，便沒有具體標的了。

□

「嗨。」組長看見我，朝我揮了揮手。

「組長好。」真沒想到搭了同一部電梯下班，但組長卻比我早到星巴克。

「已經下班了，就不用這麼客氣。」組長笑笑，把一杯拿鐵推到我面前，「熱拿鐵可以吧？」

「幫我點了嗎？謝謝。」我轉頭看了一下價目板，從包包裡拿出皮夾。

「不用了不用了，要是連杯咖啡都各付各的，我會被小貞罵。」組長笑起來有虎牙，很像某個年代流行的日本偶像。

「那不好意思，謝謝組長。」我放好包包，問道，「齊貞最近怎麼樣？因為時差，這陣子我們很少聯絡。」

組長點點頭，「她都『自稱』很好。」

「自稱？這話有玄機喔。」我想了想。

組長聳聳肩，接著從公事包裡拿出一個小紙盒，遞給我，「齊貞要給妳的，她說今年一樣沒辦法陪妳過生日，禮到人不到，請妳見諒。」

「這樣算好朋友嗎，她也太見外了。」我收下紙盒，「我會 mail 給她，告訴她下次不可以再送禮了。」

組長微笑，喝了口咖啡，「對了，妳生日是什麼時候？」

「下個月十五號。」我說。

「啊，這麼說來，好像有印象。齊貞出國前是不是都會幫妳慶生？」

「對呀，我們有固定行程，從高中就開始了。」但其實我很討厭過生日，大家只是藉個理由吃吃喝喝唱唱歌罷了。

組長好奇問道，「什麼固定行程？」

「就是先去吃麻辣鍋破壞嗓子，然後再去ＫＴＶ唱好唱滿。」說到這裡不禁懷念起只需要擔心成績跟暗戀會不會被發現的學生時代，哪像現在煩惱這麼多。

「原來妳喜歡唱歌啊。」

我不好意思地傻笑，「應該說，去那裡可以大聲吼叫，發洩一下吧。與其說是唱歌，倒不如說是我們幾個女生一起鬼叫。」把我內心深處對生日的不滿吼出來！

「聽起來很有紓壓效果，似乎我也可以考慮參加。」

「真的滿有紓壓效果的喔！不過很可惜，自從齊貞出國之後，我們就都沒約了。」

「為什麼？妳們不是三人小組嗎？小貞不在，妳們還是可以約吧。我記得除了妳跟小貞，還有另一個女生，叫什麼來著……」

「啊，你是說采茵。」我聳聳肩，「采茵跟男朋友搬去台中了，很少回台北。」

組長點點頭，露出原來如此的表情，「女生沒有好朋友、閨密在身邊，好像會很寂寞的樣子。」

「不知道耶，寂寞是還好，很宅是真的。老實說我到現在還不習慣一個人逛街、看電影，所以自從采茵搬了、齊貞出國之後，我就再也沒去電影院過。除非純嘉約我，不然假日也幾乎沒出門。」

組長驚訝，「這意思是，妳還單身？」

「啊？對啊。」不然你看過有誰來接我下班嗎？

「……抱歉，我剛剛失禮了。」組長停了一會兒，看我沒生氣，才說，「妳的事我之前有聽小貞提過一點點，印象中也過了一兩年吧，還沒有新的交往對象嗎？」

沒想到齊貞跟組長講過我的悲慘際遇，我一時不知如何是好，覺得有點不好意思，但同時也覺得這沒什麼大不了的，乾脆假哭，「嗚嗚對啊我好可憐。」

「一定是因為妳太挑了，」組長倒是換上輕鬆的口吻，「不要學小貞眼高於頂啊。」

「我才沒有，我眼光——」想想成以勳，我只好無奈地說道，「算是不太會看人。」

「是這樣嗎。」

組長笑了笑，沒再說什麼，大概也覺得跟妹妹的朋友聊這種話題有點尷尬，何況現在還是同事。

「對了，」組長問，「妳跟林純嘉很好嗎？」

「還不錯啊，滿聊得來的。純嘉是那種大而化之的類型，相處起來很輕鬆。」我說道。

「放假也常一起出去？」

「這倒是沒有。」我想了想，純嘉有男友的事應該公司同事都知道，聚餐羅威宇也來過，於是便放心地說，「組長忘了嗎，純嘉有男朋友，當然是陪男朋友要緊啦。」

「啊對，這麼說來好像是。去年尾牙她是不是有帶男朋友來？好像是有這麼回事。」

我笑道，「組長要多關心大家一點吧。」

「妳別陷我於不義，太關心有男朋友的女生可不好。」組長大笑。

「是嗎？」

「是呀，沒辦法，我們組裡結婚的結婚，交往的交往，這麼說來，我只能關心妳了。」

「噗。」我咬著吸管，「小心女朋友生氣。」

組長雙手一攤，「看來妳跟小貞真的很久沒聯絡了。」

「什麼意思？」

「沒什麼。也是啦，妳們閨密聊天，不太可能講到我。」組長苦笑，「總之，我也單身就是了。」

「喔、喔。」這……那……那你加油，我也不好說些什麼。

「妳等下直接回家嗎？」

「嗯，對。」

「回家煮晚飯？」

「我不太會煮飯耶，通常吃超商便當。」很有錢的時候就去吃個其實我沒很愛的一蘭拉麵，但那裡每人一小格座位，單身的人很不醒目，是個好地方。

「我很喜歡吃熱炒，但是一個人去很難點菜。」組長說道，笑了起來，「單身別的不說，吃飯就很麻煩。」

我深有同感，大力點頭，「真的！那種要點菜的餐廳，一個人真的沒辦法。」

「還有港式飲茶。」

「對對對！燒賣再好吃，一個人吃三四顆還是會膩，要是多點幾種不同的點心，那就會盤盤皆有剩了。」糟了突然好想吃燒賣，我記得超商裡有微波燒賣，今天晚上就吃那個好了。

「盤盤皆有剩，妳講話很有趣。」組長說道，「下次如果有機會，一起去吃飯吧。看在小貞面子上，我不收妳服務費。」

「噗，應該你慰勞部下，負責請客才對吧。」

「這麼說好像也是喔，呵。」

□

「哇，這什麼。」一走進家門，我就被一只比我還高的紙箱驚呆了。紙箱大小差不多就是一座雙人沙發立起來的 size。

亮亮姊抱著啾啾從房裡探頭，「妳回來啦。那個巨無霸是新房客的行李之一，好像是健身器材。」

「……所以說我的新同居人是個運動咖啊……」我看著眼前的龐然巨物，「怪不得她要租兩間房間了。到時可別叫我幫忙拆箱組裝啊。」

亮亮姊說道，「以後妳可能天天都得聽到那種聲嘶力竭的運動吼聲了。」

「人生啊……」

「對了，我週六就搬囉。」

「咦，這麼快！又提早了！」

「嗯，是啊，我查了黃曆，週六是好日子，而且搬家公司也約好了。」
我點點頭，「有聽說新室友哪時搬來嗎？」
亮亮姊回道，「應該也就那幾天——啊，你們還沒見過面，對吧。」
「我早出晚歸的，都沒見過。」我再度看了眼那紙箱，總覺得新室友會是個比我高壯許多的女漢子，應該很可靠。
「那真可惜。」亮亮姊促狹一笑。
「可惜嗎，我倒是沒有很期待。」又得重新適應室友，想到就累。

□

回到房間，按下播放器，對著鏡子摘下耳環。
鏡子裡的自己很普通。
以後的日子大概也是就這樣一路普通下去吧。
有時也會突然想要好好打扮一下，穿得漂漂亮亮的去什麼華麗餐廳吃飯打卡，但又覺得自己很無聊，一整輪下來，最大的收穫也不過就是一些社群網站上的愛心和讚。仔細想想在我的臉書上，會來按讚的人們並不是特別關心我在做些什麼，而是禮貌性的回讚。這沒什麼好抱怨的，因為我自己也是如此。久而久之不免感到，不管是看似詩意還加上兩句難懂文字的背影照、一袋袋高級精品的開箱文，抑或是背景華麗高級的美食打卡圖的背後，總還是有著期待他人肯定的寂寞在。

誰又是真的在乎誰了？

或者也可以說，曾經一度以為誰可能真的在乎誰的我，才是真正的笨蛋吧。

03

平常的週六，我總是在床上滾來滾去直到中午。

就算實在睡不著，也是抱著 iPad 看網飛，不肯爽快早起。

不過今天是特例。

今天是新舊室友交接的好（？）日子。

亮亮姊是個很少見的好室友，未來的室友別說跟她一樣，只要有個一半我就偷笑了。懷著這樣的心情，我送亮亮姊出了家門，跟運輸籠裡的啾啾說再見，目送搬家公司把亮亮姊的家當全部搬空。

亮亮姊臨走時抱了我一下，說房東阿婆前兩天白天來驗過屋了，然後傍晚前新室友就會搬來。

——妳一定會喜歡她的。

亮亮姊不知哪來的信念，重複說了好幾次。

每次她一說，我就不自覺看向客廳角落那箱運動器材。

我不討厭運動型女漢子，但也想不到會有什麼共通點。

於是我聳聳肩，對亮亮姊說我會想她的，還有啾啾，但不包括啾啾的貓毛。

□

下午兩點半，一分不差，有人用鑰匙打開大門。

那時我手上拿著亮亮姊前幾天重複網購多出來的火鶴圖案馬克杯，穿著老舊褪色還綻線的皺皺T恤和印著「NIKF」的假貨螢光色拳擊短褲，還沒洗的長髮在頭頂綁成有點呆有點油的丸子頭，臉頂著粗框眼鏡，腳上的還是掉毛掉得差不多全禿了的可笑白兔造型拖鞋。

簡單來說，就是一副「本人已邁入大媽階段」「仔細想想這打扮很勇敢」「幹什麼沒看過黃臉婆啊」的模樣。如果以電影造型來舉例，大概就是《家有喜事》裡常家大嫂去卡拉ＯＫ打工前的樣子，只不過我是長髮。

為什麼我對於自己此刻的穿著形容得如此鉅細靡遺呢？

因為接下來開門的瞬間，這身穿著成為了我想死的動力之一。

「——糖糖？！」「——是你？！」

□

成以勳請來的搬家工是我看過動作最快的。

不過我相信主因應該是他們察覺了我跟成以勳的可怕表情，因此把需要半小時下貨的行李在十分鐘之內全部搬好還就了定位。

「成先生如果您確認過都沒有缺件或其他問題的話麻煩在這裡簽個名。」穿著搬家公司帥氣制服的中年大叔連講話都相當神速。

成以勳似乎也沒心情仔細檢查行李，隨意簽了名，付了款，直到搬家公司的服務人員離去，大門緩緩關上後，我才有種如夢初醒的現實感。

我相信成以勳也是。

「……」杯裡的咖啡，應該已經變得很難喝，我口乾舌燥，不知所措，過了半晌才迸出一句，「我以為你是女的。」

成以勳呆了呆，接著苦笑，「以為我是女的？」

「不是，我說錯了。」我深呼吸一下，「以為新室友是女的。」

成以勳輕皺眉，「但是，我外婆說她都交代好了。」

「阿婆什麼都沒說。」

相信我，要是我早知道你今天會出現，我絕對比亮亮姊還要早退租！

「……」成以勳先是不可置信地望著我，接著勾起嘴角，「如果我很自戀的話，會說妳對我還真是一片痴心。」

「你還有心情開玩笑？」我重重坐向沙發，杯裡的咖啡差點濺出來。

「說真的，這個時候不開玩笑，我還真不知道要怎麼辦。」他也坐下，十指交錯，上身前傾，「我一定要鄭重聲明，我在開門之前，真的完全不知道妳住這裡。」

我斜睨他一眼，「在你聲明之前我沒懷疑過你，現在——哼哼。」

說歸說，再怎樣我也不覺得成以勳會專程想跟我一起住。

但是，一想到從此以後要跟成以勳住在同一屋簷下——

天哪，我上次說不燒香不拜拜是氣話，祢現在還當真了是吧？

「……」我不知道說什麼才好，腦中一片空白，只好開始喝咖啡。

成以勳顯然也手足無措，他故作好奇看看客廳看看周圍，過了好一會兒才擠出一句毫無意義的話：

「真的是老房子了。」

「……嗯。」我也只能無意義地應答。

「……這房子是我外婆的。」他說。

「……嗯。」我只恨世上沒有早知道。

「……她說妳是上班族，生活很規律。」

「……嗯。」

成以勳看著我彆扭的樣子，苦笑道，「不如這樣好了，我們務實一點——妳可以告訴我這裡的生活守則嗎？」

我斜睨他一眼，「開玩笑，你可是房東阿婆的金孫耶，生活守則什麼的哪敢勞煩你遵守啊，不要一個不順眼把我趕出去就不錯了，最好我敢規定你。」

「妳真的很不爽。」

「我只是覺得人生貂皮想罵操。」鬱悶，除了鬱悶沒別的詞可形容了。

成以勳倒看得開，他從沙發上起身，在客廳裡繞了一圈，「那我來說明一下我的生活作息好了。跟妳一樣，我也是上班族，我週一到週五每天十一點上班，到下午六點，基本上我很宅，有時候會出差。不會帶朋友回來，因為我沒什麼朋友。如果假日很無聊可能會在家裡做菜，如果妳不介意，可以一起用餐。」

「我介意。」我馬上答道。

「好小氣。」

「你第一天認識我嗎？」

成以勳嚴肅地注視我，「不能把我當成陌生人，今天是重新開始，以往種種譬如昨日死嗎？」

「這樣做對我有什麼好處？」

「妳心情會好很多。」

「……講得好像很容易。」

成以勳嘆了口氣，「糖糖……」

我狠瞪他一眼。

他無視我的兇狠目光，續道，「我知道以前的事是我不對。我真心跟妳道歉。我也沒想過會在這種機緣下跟妳共處一室。我可以理解妳看到我就不開心，可是就算我要找地方搬，也需要一些時間，總不可能彈個手指就『噗』一下消失吧。再說，我如果馬上跟我外婆說要搬，她老人家也會困擾又困惑的。」

我也從沙發上起身，盡量讓聲音聽起來冷靜客氣，「你不用搬。我租約本來就到年底，我會找房子。」我暗暗吸了口氣，「反正就幾個月，我捱得起。」

成以勳雙手抱胸，「這麼說，妳同意跟我暫時休戰了？」

「休什麼戰啊，你是主我是客，客隨主便，不就這樣嗎？」我決定接受現實，平心靜氣說道，「我的生活作息跟你差不多，不過沒你好命，早上九點就得上班。因為這裡是舊公寓，沒有管理員也沒有垃圾處理室，所以每週二四六要下樓追垃圾車，以前我跟另一位室友是分單雙週，我丟雙週她丟單週，不知道你意下如何？」

「那就照舊。」成以勳無所謂地聳肩，「還有別的嗎？」

「如果你要在家煮飯，一定要清理廚房和廚餘。」我說著，想到生活守則裡的某一項，遲疑了幾秒才說道，「不能帶朋友回來過夜，就算是從你房間的窗戶進出也不行。其他當然就是嚴禁喧譁等等，這應該不用特別提醒吧？」

「冰箱呢？」

「我只用中間那層，另外還放了個冰袋在冷凍庫，其他隨便你用。」

「廚房用品呢？」

「都不是我買的，我唯一會使用的只有廚房電器櫃上的熱水瓶。」

「泡泡麵嗎？」

「沖咖啡。」

「掃除呢？」

「每個月第一週會有阿姨來打掃公共區域，其他沒有硬性規定，我和之前的室友不定期拖地。洗衣機在後陽台，我是一三五洗衣服，你就二四六吧。」

不過，就我的印象，你成先生的衣服幾乎都送洗居多吧。

可惡，我幹嘛還記得這種事？

成以勳不置可否，看看四周後目光調回我臉上，微笑著伸出手，「無論如何——以後請多多關照了。」

我看著他的手，過了一會兒才勉強用指尖輕觸一下。「你慢慢整理東西，我先回房了。」

□

一關上房門，我就急忙打開螢幕和瀏覽器，想要寫 mail 給齊貞，但不管寫了什麼總是又刪掉，心緒煩亂，根本不知從何寫起。

——嘿我跟妳說我跟成以勳那個王八蛋開始同居了。

什麼鬼啊。

——齊貞我好可憐妳快回來救我。

最好她會因為這樣就回來。就算她回來也不能怎麼辦。

——哈囉妳猜怎麼了我的新室友竟然是成以勳耶。

算了光是解釋就不知道要寫多少字了。

我刪掉所有文字，想了想，決定只謝謝齊貞送的生日禮物，其他什麼也沒寫。不知道她在美國過得如何，寫了幾句問候的話之後，又全刪了。

不知道自己為什麼這樣。

□

整個下午、晚上都聽得見隔壁在拆箱整理的聲音。

晚餐時間我沒胃口，也就沒出去覓食，直到晚上十點多，打開房門，看到客廳已被收拾得十分乾淨整潔，只差沒拖地了。

客廳和開放式的廚房兼餐廳沒有人在。

我走出房間，躡手躡腳靠近成以勳的房門前，隱約聽到音樂聲。猜想他應該還在收拾整理。他從以前就有點潔癖——一想到這裡就覺得自己很糟糕，我幹嘛還記得這種事啊？

煩死了，這人的存在只會導致我不停地自我厭惡而已。

媽的。

明明成以勳什麼也沒做，但我卻折騰了整晚沒睡。

並不是被他整理房間的聲音吵得無法入睡，其實什麼理由都沒有，就是失眠。

在床上滾來滾去好幾回還是睡不著，索性起床上網亂逛，逛到兩三點，連同一則娛樂新聞都已經換著標題看了四五次之後，我終於開始找最近熱門的連續劇；不過才看個兩集，就覺得索然無味。關上電腦螢幕之後拿起手機玩了一下遊戲，也覺得無聊；快天亮時小小聲地播著音樂，對著鏡子發呆。

到底我在煩什麼，其實一點也不具體。

然而確實有種像是悶臭的雨衣般讓人不舒服的沉滯存在。

是因為接下來的日子得跟成以勳同一屋簷下共處嗎？

還是因為他總是表現得從容大度，反而更令我不爽呢？

這個人，到底之前又發生了什麼事呢？

這些問題在我腦海打轉，而我不停要自己別再想。

——其實人家早就不把妳當一回事了，才能這麼從容坦然啊。

——妳這樣又是生氣又是擺架子，不是更顯得妳還是在意他了？

我對自己這樣說。

然後下定決心，要客氣地有禮地對待成以動。

對於無須在意的人，敬而遠之就對了。

□

週日起床時，已經是下午一點多了。

等我梳洗完，終於覺得餓，本來穿著簡便（其實是不修邊幅）的家居服就要下樓買吃的，但在伸手握向門把時猛然警覺不妥，隨後又告訴自己，明明就決定不要在意成以動，那幹嘛還要注意形象。這麼一想之後，就帶著豁出去的勇氣乾脆地打開了房門。

「啊，午安。」沒想到成以動竟穿著圍裙，戴著防燙手套的手拿著單柄鍋，一股培根蒜香撲鼻而來。

「午安。」我貫徹著自己的決定，說道。

他向我一笑，「我做了培根蒜香義大利麵，要不要嚐嚐看？」

要有禮貌，怎麼對陌生人的，就怎麼對他。

「謝謝，怎麼好意思呢，不用了。」

成以勳皺眉，顯然不習慣我的態度，「……妳應該餓了吧。昨天晚上也沒吃。」

你又知道我沒吃了。

不過我的確是沒吃，也的確是餓了。

他開始把煮好的義大利麵挾入盤中，從我站的位置，剛好看到他早就準備好兩只盤子，兩套餐具。

預謀犯案。

「還是不用了，謝謝你的好意。」

成以勳露出可憐的表情，「但是我吃不完。太久沒下廚，一時份量沒抓好。有現成的午餐，不吃嗎？雖然沒辦法跟妳喜歡的戈登·拉姆齊相比，不過我敢保證比超商的好吃。」

「……」如果是剛認識的室友，似乎再拒絕下去就是不給對方面子了。

這時，我從來就不知道該怎麼設定時間溫度的烤箱發出了叮的一聲。

「啊，烤好了。」成以勳轉身，打開烤箱，一股濃厚誘人的奶油香撲面而來。「我還做了焗烤野菜，裡面有放德式香腸，底層是妳喜歡的馬鈴薯泥喔。」

……嗯再怎麼說，我都應該要給新室友一個表現自己的機會。

這絕對不是因為我飢腸轆轆，絕對不是。

「就算幫個忙，多少吃一點吧。」成以勳微笑，「浪費食物太可惜了。」

「你……你可以留到晚上吃。」慘了，我的聲音聽起來超沒說服力。

他笑了笑，把已盛好的義大利麵塞給我，「——焗烤野菜要出爐囉。」

啊啊這奶油白醬混合起司的濃郁香味，真是太過分太邪惡了！

「……怎麼樣，味道還可以接受嗎？」

聞言我連忙把嘴裡的食物囫圇吞下，喝了點水，才應道，「我都不知道你會做菜，不，不對，是很會做菜。」

成以勳壞心淺笑，「我也不知道妳喜歡穿禿頭的兔子拖鞋。」
「怎樣，有意見？」
「哪敢。只是覺得妳品味很特別而已。」
我品味是很差勁啊，看我挑男人的眼光就知道了。
不行，我想這幹嘛，不是說好（誰跟妳說好）把眼前的傢伙當成陌生室友嗎？既然如此，我就不能再自我糾結下去。
「……」我用叉子捲起義大利麵，沒再搭話。
「對了，」成以勳一面把分好的焗烤野菜推到我面前，一面說道，「有件事想跟妳打個商量。」
「打個商量？」
「我想跟妳談合作。」
「什麼意思？」
「我很不喜歡拖地。如果妳願意負責拖地，我就負責做飯，妳覺得怎麼樣？」
我呆了一下，「不喜歡拖地？」

「對，」成以勳一臉嚴肅，「不喜歡拖地。或者可以說，我超討厭。」

「不喜歡收拾垃圾我可以理解，但是不喜歡拖地這就很少見了。」

「我廚藝不錯的，妳也品嚐過了，應該可以相信我吧？而且食材我會出錢喔。」

「那萬一我叫你餐餐煮魚翅怎麼辦？」不然魚子醬也可以。

成以勳大笑，「妳根本不愛吃魚翅。」

「……」這種事記那麼清楚幹嘛？我哼了哼，「仔細想想，我未必會在家裡吃飯，說不定半年都吃不到一次，但是地卻是常常要拖的，這樣算起來，我好像比較划不來。」

「別這麼說嘛，以後垃圾都我來倒，怎麼樣？妳只要負責拖地就可以了。」

「是嗎？」我思考著。

成以勳見我沒有爽快答應，又道，「我保證，只要妳開口，就算凌晨三點我也一定起床煮飯給妳吃，全年無休。」

我看著他，「——這麼有誠意？」

「就是有誠意。」

雖然這提案好像還可以，但是——

我沒有信心。

跟一個曾經如此喜歡的人住在同個屋簷下已經是種折磨了，以後還要常常一起用餐？算了，這樣只會讓自己更加心煩意亂而已。

「……不管今天室友是誰，你都會這麼提議，對吧？」我無法控制地脫口而出。

成以勳先是一愣，之後點頭，「嗯，是這樣沒錯。」

「我想也是。」我說。

忽然間沒了胃口，焗烤野菜的白醬香味轉瞬間變得過度油膩，想也知道食物本身沒有過錯，純粹是我心情低落而已。

「如何？我的提議——」

很幸運地，手機在這時響了起來。

「啊，抱歉。」我拿起手機，離開充當用餐區的吧檯，「我先接個電話。」

「好。」

帶著倉皇和解脫感我看向手機，沒想到是難得來電的齊貞。

我一面接起，一面快步走回自己的房間。

□

「嘿小妞。」齊貞的聲音並沒有因為 FaceTime 而改變多少，「好久沒聽到妳的聲音了，最近好嗎？」

「真的好久了！最近喔……我最近也差不多吧。」我關上房門，真的接到電話了，卻不知該不該提成以動的事。「妳呢？怎麼突然想到要打給我？」

「關心妳啊。」齊貞說道，「我哥說，妳一個人很可憐的樣子。」

「呃，他是不是有點誇張了。單身ＯＬ生活本來大家都差不多嘛，就很宅啊，也不會特別出門，連電影都看線上的，不都這樣嗎。」我說。

「是喔，那大概是他太敏感了，他說我都不關心妳，白當閨密了。」

「組長還真是……哈哈。」我乾笑兩聲。

我，我看起來有這麼需要同情嗎？純嘉也是，組長也是，不，看來是我自己的問題……難不成我的臉上就寫著「我單身，好可憐」的大字嗎？

東拉西扯了幾分鐘，不知是我過度敏感，還是齊貞毫不掩飾，她比平常還濃重的鼻音總讓人覺得不安。

「……我說妳呀。」

「嗯？」

我問，「是不是剛哭過？」

「呵。」我聽見她在電話另一端彈開打火機的聲音，齊貞吸吸鼻子，「有這麼明顯嗎？」後半因為含著菸而有些模糊。

「妳哥知道妳學會抽菸嗎？」

「想檢舉啊？可是沒獎金喔。」齊貞故意朝著手機麥克風呼了口煙，發出聲響。她接著輕聲說道，「打給妳之前，我跟 David 吵了一架。他很生氣，甩門出去。」

「現在……紐約應該是半夜吧？」我問。其實我想問的是，他有地方去嗎？

「他可以去喝一杯，可以窩在自己車上，可以去找朋友。」齊貞彷彿完全明白我沒問出口的問題，自顧自地說道，「這很討厭。」

我不確定她的「討厭」指的是吵架，還是 David 出門後有地方去，說不定兩者皆是，也可能是其他。

「糖糖，」齊貞換上輕鬆一點的口吻，「妳最近有喜歡的人嗎？」

「……魯道夫．范倫鐵諾算嗎？」

「拜託妳不要講那種連美國人自己都快不記得的名字好不好。」齊貞吸了口菸，「我是說真的啦，那種牽得到手接得了吻的好嗎。」

「誰說喜歡就一定牽得到手接得了吻……」這下連我都鬱悶起來了。

「也是啦。總之，既然妳只能講出范倫鐵諾，那妳一定還是處於肉體單身了。」

我不禁道，「單身就單身，還分什麼肉不肉體嗎？！」

「有完全單身，有精神單身，也有肉體單身啊。精神單身就是心裡沒喜歡什麼人，但說不定其實有伴侶；肉體單身就是心裡有喜歡的人，但身邊沒有伴侶——」

「小姐，按妳的分類，那我應該是完全單身啊，既沒有喜歡什麼人，也沒有什麼男伴。」

我不服氣地說。

——但，還是有個人的名字從心上閃過。

「……好啦好啦，怎樣嘛，我單身都多少年了。」

「總之就是單身嘛。」

齊貞沉默幾秒，說道，「那，妳覺得我哥怎樣？」

「啊？」我懷疑了幾秒，「妳不但抽菸，而且還喝酒了對吧？」

「欸我哥不錯啊。」

「我沒說他不好啊。」但是在他手下工作一年多，要喜歡早就喜歡上了。

「……他是個老實人。」齊貞嘆口氣，「……唉，算了，妳別理我，我自己都不知道自己在講什麼。」

「放心，我不會告訴妳哥的。」

「沒差啊，說了他也不敢拿我怎樣。倒是——」她頓了一會兒，連吸了幾口菸，「我跟 David 吵架的事別跟他說，省得他擔心。」

「到底為什麼吵架？」本想等齊貞自己想說時會說，但還是不小心問了。

齊貞沒正面回答，「簡單來說就是看彼此不爽啦。」

「……身為姊妹我不會逼妳一定要說，不過，只要妳想說，我隨時都陪妳。」

「就算是上班時間也一樣？」

「就算是上班時間也一樣。」

齊貞忽然大笑，聲音卻帶著明顯的淒涼，「那根本是因為我哥剛好是妳上司才敢這樣的吧！」

我故意開玩笑說道，「那當然啊！讓上司的妹妹心情變好，也是分憂解勞的一種嘛。」希望能讓齊貞情緒緩和一些。

「糖糖。」

「嗯？」

「雖然單身的時候會很想交男朋友，但是有男朋友時煩惱卻很多。」齊貞說道，「所以呀，即使妳一直單身也沒關係，不是壞事。」

嗯，怎麼聽起來不管是我還是齊貞的處境，似乎都很哀傷。「……是這樣嗎？」

「那當然啊。」她十分肯定地說。

從那個週六開始，我跟成以勳正式成為了室友。

起初非常不適應，就連在自己房裡打個噴嚏都不好意思讓他聽到。

每次一因為發出聲音而緊張，隨之而來的就是自我教訓。

內容不外乎是：這個人早就不在意妳了妳管他幹嘛、說好要把他當陌生人的別想太多、冷靜點那傢伙只是室友而且還是短期的（我猜啦）……之類的內容。

老實說還滿蠢的。

不過我本來就不是什麼智慧型的女生。

成以勳的生活作息還算一般，雖然沒問過他也沒主動提過他的工作，不過像他那種一路學霸到底的人，工作能力又好，應該不管在哪高就都能得心應手。

我跟他，一天總會碰上一兩次面。

但也只是點點頭，寒暄幾句，交談的內容大部分都是極日常且必要的。

例如本月的瓦斯度數抄表這種瑣事。有時成以動會露出幾分試探的表情，但並不是異性之間的試探，而是單純希望室友間相處愉快的那種。

就這樣過了一週。

我其實不知道也不確定，自己到底希望成以動有什麼表示或表現。有時問問自己，人家現在對妳敬而遠之，不正是妳想要的嗎？嗯、是呀。既然如此，那還有什麼好期待的呢？想要的距離，分明已經建構好了呀。

然而這問題再深究下去，就會發現我這個人個性實在太差。

說到底，我還是希望成以動能多在意我一點。

即使只有一點一絲一毫，都希望在他眼裡自己跟別人，有那麼一些些不一樣。

我不敢把這心情告訴齊貞，就連自己想起來，都覺得可笑。

以前看過 YouTube 的國外影片，蒐集了各式各樣好笑的墓誌銘。

最近我不禁想，如果是我的墓誌銘，上面大概可以寫：

此處沉睡著一個過了兩年還忘不掉負心男的蠢女人。或者，唐海怡，享年XX，傻女孩們的前車之鑑。之類的。

怎麼想，都覺得自己很糟糕。

□

「組長好。」走進會議室時，組長正在設定等會兒要用的筆電與投影機。

他回頭微笑，「最近怎麼樣？」

「最近？」我笑道，「不是天天都看得到我嗎？就那樣吧。」

「星期日是妳生日對吧？」組長抬頭，手指仍敲著鍵盤，露出了少見的猶豫表情，「小貞前幾天打回來，叫我這幾天陪妳吃頓飯，不過……」組長頓了一下才繼續，「妳應該會覺得很尷尬吧？」

開玩笑，這世上怎麼可能有比跟甩掉自己的人成為室友更尷尬的事！

自從跟成以動成為室友後，已經沒有什麼事能嚇得倒我了，我可是見過大風大浪的人啊！

「我不會覺得很尷尬，但是不用了，齊貞真是想太多。」我沿著會議桌，把名卡依序放好，「又不是第一次一個人過生日，而且公司不是也有每月慶生會嗎？反正再怎樣也吃得到蛋糕。」

組長理解似地點點頭，接著打開了投影機。

「本來想問妳去飲茶怎麼樣。」組長忽然沒頭沒腦說了一句。

「飲茶？」

「上次不是聊到嗎？一個人沒辦法去茶樓。」組長不好意思地笑笑。

我拿著名卡，「啊，這倒是……每次想吃燒賣蝦餃，都只能買超市的回去微波。」

「所以想說，那不如一起去飲茶。」

這……是在約我嗎？

應該是吧。

問題是，組長應該是奉了妹妹之命，也就是說，是「被迫」來約我的吧？

雖然一起吃頓飯應該沒什麼，但總覺得有哪裡怪怪的——

「哈啾。」還沒想到如何回應的我，鼻子倒是先出聲了。

「感冒了嗎？」組長關心地問。

「啊，有時候會這樣，我鼻子不太好。」我從口袋掏出紙巾掩住，稍微揉捏一下鼻子。

「……所以說，飲茶……要不要……」

「——哎呀，糖糖和組長都在！」純嘉推開會議室的門，手上拎著一串等等要用的紙杯，另一手拿著手機，「嗯？在聊什麼？不會被我打斷了吧？」

組長忽然訕訕一笑，「……居然忘了把投影布放下來。」

我聳聳肩，把最後一張名卡放好。

後來準備好會議室，和純嘉一起離開時，我不自覺地回頭看了一眼。

組長靜靜地望著筆電的螢幕，若有所思。

如果我是那種自戀型的女生，搞不好會覺得其實組長對我有意思。

還好我不是。

□

重感冒
幫我請假

希望這通訊息不會吵到純嘉。

傳完訊息後，我把手機往身旁的空位一拋。

現在是凌晨一點多，因為重感冒發高燒而難以入眠的我，從自己的房間移師到客廳，看著無聲的電視發呆。我穿著厚重的粉紅色毛巾布，印有卡娜赫拉圖案的睡袍，坐在沙發上，一旁放著遙控器和手機，另一邊的茶几上有保溫杯、感冒藥和一盒面紙。臉上掛著眼鏡，鼻孔裡塞了衛生紙。

從小我就不怕咳嗽流鼻水，但卻很怕發燒。發燒就像整個人被綁在木棍上加熱，不管怎麼做，就是感覺身體內部有團不大不小的火陰陰燒著，沒完沒了。睡又睡不著，要做點什麼事也集中不了注意力，只能像現在這樣，呆呆地望著電視畫面發呆，等著哪時悶焗感消退，才得以入睡。

也因為這樣，所以電視上在演些什麼，我一點兒也不在意，開著電視只是因為不想對著手機或電腦螢幕罷了，人不舒服，根本就沒辦法留意劇情。看了半個多小時，唯一理解的就只有男女主角互看不順眼，整天酸來酸去，對白好笑。

至少對白好笑，這時要是播什麼兒女情長家族恩仇的劇，我一定看不下去。

——妳根本是內分泌失調，荷爾蒙失敗，一出生就更年期！

男主角站在街口滿是憤恨地指著女主角背影罵完，看著字幕，忽然有種想打開聲音的衝動，就在我把手伸向遙控器時，卻聽到了「吱呀」一聲。

當然不是從電視裡發出的。

伴隨著聲音，一道細長的光線自成以動房門流出。

「……妳還沒睡。」成以動站在房門口，我不得不注意到，這人絲毫沒有考慮到室友是異性這件事，竟然上身赤膊，只穿著一件四角褲。

「……」我嚇了一跳，猛咳起來。

成以動睡眼惺忪，「我……起來喝水，房間裡的水喝完了。」

我一邊咳，一邊想起鼻孔裡還塞著衛生紙，連忙用手捂住臉。

「妳還好嗎？」成以勳走了幾步過來，剛剛他的身影背光，現在我才看到，這人看似偏瘦，該有的肌肉線條卻練得相當好。

「……我，咳咳，睡不著……」我別過頭。

「感冒了？」成以勳又走近一點，站在單人沙發旁，「有沒有發燒？」

我點點頭，把目光放在電視畫面上。

成以勳也看向電視，「……這部我之前有看過，很好笑呢。」

你也會看這種連續劇？

他轉頭看向我身邊，「又是衛生紙又是保溫杯，看起來很嚴重。」

就算沒有那些東西，看到我咳到說不出話也知道吧。

「……」

他見我沒回應，又問，「要不要喝點薑茶？我幫妳煮。」

雖然我對成以勳的善意一點也不感激，但我還是勉強擠出聲音，「不用了，謝謝。」

「不麻煩的。」

我相信你只是拿個什麼薑糖沖個熱水，確實不麻煩，但重點不是麻不麻煩。

「啊，對了，」他拍了一下手，「妳討厭薑味。」

你的記憶力可以不要這麼好嗎？

不要再記得我的事了。

「……你不是出來喝水嗎？喝完就回去睡覺吧，我等等看完也要回去睡覺了。」我說。

「妳病得這麼嚴重，放妳一個人在客廳，我怎麼睡得著？」成以勳笑道。

我狠狠地用「你他媽最好搞清楚我是誰」以及「你這個有案底的混帳王八蛋少跟我來這套」的目光瞪著他。

成以勳一凜，舉起雙手表示安撫，「好好好，抱歉。我去喝水，馬上就去。」

正當男女主角在律師樓裡再度展開唇槍舌劍時，成以勳帶著一瓶零卡可樂走回客廳，這次他直接往單人沙發一坐，開始看電視。

「……你不睡嗎？」

「等我喝完可樂。」

「喂，你那瓶是兩公升的耶。」我再度咳起來。

「難道我不能看電視嗎？」

「……」你當然可以看，但是可不可以不要跟我一起看？！「隨便你。」

成以勳看向我，「反正大家都醒著，乾脆把聲音打開，怎麼樣？」

其實沒什麼好猶豫的，但我還是故意慢吞吞地動作。

愈是這樣，愈是討厭自己。

我按掉靜音鍵，男女主角流利的互罵聲一下竄進耳中，我不禁笑了出來。

結果，咳得更嚴重了。

「……妳沒事吧？」

「放心，我的手帕上還沒出現血跡。」

成以勳苦笑，「妳知道嗎，妳諷刺的方式跟這部的女主角很像。」

「咳，你輕浮的樣子也不輸男主角。」

「我有他一半的才華就好了。」

「才華有沒有我不知道，若論輕浮跟痞你絕對不會輸。」

成以勳抱拳一笑，「好說！」

「呿。」

女主角道：

——我臉上的傷口還沒好，現在出庭，法官對我印象不好，官司會輸的。

男主角回道：

——要是靠妳的長相，這場官司輸定了。

我和成以勳同時笑了出來，女主角那時其實很漂亮，這位演員得過影后，還是非常有名的主持人。這時，成以勳忽道：

「妳知道嗎，這部戲是十幾年前的了。」

「十、十幾年前……」

「那時妳還是小鬼吧。」

「我是小鬼，你就不是？」

「我也是。」

「那你還說你看過。」

「我前兩年上網看的不行嗎？」

「哼。」我扭開保溫杯上蓋，但沒水了，只好放回一旁。

成以勳看向我，「要不要喝水？」語畢，向我伸出手。

我想了想，沒理由和自己喉嚨過不去，於是把保溫杯交給他。

「要很燙的、熱熱的還是微溫的？」他補了一句，「不能喝冷的、冰的。」

「……講得好像我不要命一樣。隨便啦。」

等成以勳拿著保溫杯回來時，我正因為不想讓鼻涕亂噴而忍笑。

「怎麼了怎麼了，我錯過什麼好笑的嗎？」

「沒、沒有。」我用面紙捂住臉，接過保溫杯，「謝謝。」

男配角道：

——□□□（女主角）打電話叫你過去救她。

男主角道：

——恭喜她了，遇上劫財是她活該，要是遇上劫色，那可是她佔便宜。

「好壞！」我忍不住說道，喝了口水。

成以勳大笑，「妳明明就覺得這男主角很可愛。」

「……但還是很壞。」

確實，這男主角的脫口秀一直深得我心。

但是，成以勳為什麼會知道？

「所以說，男人不壞，女人不愛。」他說。

「那想必閣下一定是全天下最受歡迎的人了。」我諷刺道。

「一個壞人倒給妳的水，就這樣喝下去，妳都不擔心裡面放了什麼嗎？」

「你、你放了什麼？！」

成以勳瞇眼，「妳還是一樣好騙。」

「喂！」一喊完，又開始咳。

「好啦，不鬧妳了，看起來真的很嚴重啊……」

什麼叫「看起來」，本來就很嚴重啊！

氣死我了！

□

那晚之後，我常常在半夜到客廳看電視。

不為別的，只為了大螢幕而已。

無獨有偶，成以動十有八九會出現，據他的說法，大概是放著客廳不用，覺得可惜。只是仔細想想，一個不必繳房租的傢伙，就算什麼空間都用不到，也沒什麼好抱怨的吧。

——更何況，這樣就可以打開聲音，不必擔心吵到對方了。

他說。

——畢竟這部劇的重點就是看男女主角對罵，要是開靜音，樂趣絕對腰斬。

我忘了我回他什麼話，說不定什麼也沒回應。反正，都已經決定把他當成「初相識的室友」看待，如果處處避著他，反倒顯得更奇怪。

說不定成以動看我，就像連續劇裡的男主角在色狼事件時看女主角：

——人人都很危險，就妳最安全。

一想到這裡，就覺得女性自尊嚴重受創，唉。

□

「……妳感冒好多了嗎？」

「啊，組長好。」我抬頭，沒注意到組長也在同部電梯，回以微笑，「好得差不多了。」

組長似乎很同情似地點點頭，「好像瘦了。」

「真的嗎？！」這真是夢寐以求的結果！

組長笑道，「變瘦有這麼開心嗎？」

「雖然我自己已經放棄了，但是大家都喜歡苗條的女生啊，基於公德心，好像變瘦一點比較好。」

「健康最重要。」組長露出思考的神情，輕輕皺眉，抬眼看了一下樓層指示燈之後，說道，「這個週六中午有空嗎？」

「有啊。」

「那一起吃頓飯吧。」組長說完，電梯門剛好打開，他快步走出，沒給我回應的機會，「就這麼決定了喔。我請客。」

「呃……」

這一定是因為自己的妹妹不在國內，沒有妹妹可以照顧，所以才拿我當代替品吧。說不定還想以此向他老妹也就是我朋友邀功。不過，姑且不論他的動機為何，至少我都能賺到一頓飯（大誤），總之好像沒有壞處的樣子。

回到座位上，林純嘉滑著椅子過來，和平常一樣把手掛在我的椅背上，「唷！」

「唷什麼唷啊。」

「這週六妳要幹嘛？」

我一凜，「我要睡覺。」

「廢話，妳哪天不睡覺了？我是說，妳要不要出來聚餐？」

「聚餐？跟妳啊？」突然覺得還是跟組長約比較好，至少他會請客。

「不是啦，我跟妳說，羅小宇現在不是在藥廠上班嗎，他最近認識了一個很陽光開朗又帥氣的年輕醫生耶，要不要出來一起吃頓飯？」

「妳真的很想把我推銷出去耶。又陽光又帥氣的年輕醫生會單身？妳說笑吧。」

「真的啦，人家國考及格，前途似錦，外表不俗，而且單身。」

「那八成不喜歡女生。」我沒打算糾纏下去，「反正不管怎樣，我剛剛才跟人家約好週六吃飯，所以，不好意思啦。」

「噗，真的假的，就這麼剛好？」純嘉戳了我臉頰一下。

「真的啦。」沒騙妳，三分鐘前。

「妳不要先看看照片再決定嗎？」

「妳竟然還弄到人家的照片！」

「才不是我哩，是羅小宇查到那個曾醫生的臉書，所以傳給我看的。」

純嘉拿起手機，顯然有備而來，「妳看，長得不錯吧？陽光美少年耶。」

「嗯，真的不錯。但為什麼妳跟羅小宇身邊這麼多條件好又單身的男生？上次還有個模特兒兼導演是吧？真是天理不容。」聊歸聊，我已經打開工作系統開始 Key 資料。

「是不少耶，」見到組長和宜亭姊走進來，純嘉關上手機滑回自己的座位，最後小聲補了一句，「但我還是覺得小成學長跟妳最相配。」

好死不死，我還沒來得及回嗆，組長和宜亭姊都聽到了。

宜亭姊帶著笑看我們，「什麼學長，我是不是錯過什麼八卦了？糖糖有對象了嗎？」

「沒有啦。」我連忙說道，「沒事沒事。」

組長看了我們一眼，輕咳了兩聲，大家馬上乖乖閉嘴，各就各位，開始工作。

幾分鐘後，Line 的小視窗跳出，是組長傳來的訊息：

——週六中午十二點西門誠品一樓見

好吧，既然這麼想要照顧妹妹的朋友，那我就不剝奪你的人生樂趣了。

——好的，到時見

一打開家門就看到成以勳穿著深藍色睡袍敞著胸膛坐在客廳的三人沙發，他向我舉起手，跟我前兩天一樣，身邊放著保溫杯跟面紙。

「嗨。」他聲音十分沙啞。

基於身為室友的人情義理，我問了一句，「感冒？」

「被妳傳染。」成以勳聳肩，一臉無辜，彷彿都是我不對。

「喂，自己體弱多病關我什麼事。」我瞪他一眼，冷道，「都感冒了還這樣穿，你根本是等著得肺炎吧。」

「妳什麼時候變得這麼沒同情心了，這是因為發燒。」成以勳扮可憐，「又發冷又發熱，真的好慘。」

「……你，你，那你就吃個藥去床上睡覺吧。」

「妳自己都說過，發燒時睡不著。」

「看起來還不夠燒嘛，腦子沒燒壞，記性依舊很好。」其實我不想酸他，真的，但是生病還這麼有姿色，帶著一點慵懶感更帥氣，這樣是不可以的啊！

「糖糖……」

「幹嘛啦。」

成以動壞壞一笑，「這代表以後可以繼續叫妳糖糖了？」

「信不信我拿一桶冰水淋到你頭上。」

成以動的邪笑瞬間轉成無辜天真，「妳說的話我一向都相信。」

我要更正剛剛的話，其實這人已經燒壞腦袋了，之前明明還很正常的，為什麼突然開始無止境的，呃，無止境的……算了，我不知道該怎麼形容，總之，我不喜歡成以動現在的語氣，現在的笑，太容易引人遐想，太惡劣了。

「糖糖，」成以動注視著我，換上另一種平穩許多的笑，「別露出那種害怕的表情，我只是想請妳幫我到冰箱拿瓶可樂。妳不會拒絕吧？」

我沒應聲，但走向冰箱，替他拿了一瓶可樂回來。

遞給他之前，我不小心說道，「你能喝冰的嗎？」

成以動雙目一亮，「妳關心我。」

「喝吧喝吧喝死你。拿去。」

「妳不會想叫我站起來吧？我很虛。」他換上了無辜表情。

早就叫你不要縱慾過度，看吧，現在連站都站不起來了。

「哪。」我走近三人沙發，把瓶裝可樂遞給他。

成以勳給出相當俊俏的微笑，嘴角勾起十分性感的弧度，向我伸出了手——

唔！！！！！

只不過一秒時間，肩上還揹著包包的我，不知為何已經跌在成以勳的身上（或者該說，腿上），他那張讓我記掛許久，無論如何都難以忘懷的臉在我視線正上方。過了兩年，他褪去最後幾分稚氣，添了幾分成熟，但那總是似笑非笑的眉眼卻一點都沒變。

成以勳低頭，俯視著我，像在端詳腿上的寵物貓似的，帶著某種難以形容的笑容，幾乎有那麼一瞬間，我都以為他把我當作學生時期養過的貓，要伸手逗弄我了。

他帶著有點開心，有點困惑的淺笑眨了一下眼，睫毛比我記憶中更長。

我驚覺他呼吸氣息拂過我的臉，於是按著他大腿，撐起身體，彈了起來。

「——妳沒事吧？」成以勳露出吃痛的表情，大概是我起來時指甲刮到了他。

「抱歉，我——」不對，不是我沒站穩，不，好啦，我確實沒站得很穩，但成以勳確實藉由拿可樂的動作把我往下拉。「你剛剛——」

成以勳淺笑，那笑容裡看不出什麼，揚起手，「施力不當，不好意思。」

我什麼也沒說，拉平稍稍上捲的窄裙，重新揹好皮包，故作鎮靜地快步衝回自己的房間。

□

洗完澡之後，我坐在梳妝台前，手機發出微弱的提醒聲。

成以勳在搬來那天跟我要了新的手機號碼，以室友的身分，理由冠冕堂皇。

他傳了一則訊息來。

——ＭＴＶ台不知為什麼在播這麼舊的歌，我記得妳很喜歡。

——還有，謝謝妳。

我不懂第二句謝謝指的是什麼，只是點開了他傳來的連結。

那首歌確實是我以前很喜歡的歌，還曾經叫他好好學，學會之後唱給我聽。

〈Smooth〉・Santana・1999

And it's just like the ocean under the moon
然後，你給我的感覺
Oh, it's the same as the emotion that I get from you
就像月光下的海洋
You got the kind of lovin' that can be so smooth, yeah
你的愛也是如此完美
Give me your heart,
給我你全部的真心
make it real or else forget about it.
否則就此作罷

但，那是以前了。

□

不知道是不是養成了習慣，現在一點兒也睡不著，盤算著到客廳看電視，男女主角差不多該有進展了，不看很可惜，另一方面也不想用小螢幕傷眼。

我躡手躡腳靠近房門，同時綁好自己的睡袍。

門外靜悄悄的。

那傢伙八成回房休息了。

我悄悄將門打開一道縫，還沒來得及看清昏暗的客廳裡有沒有人，就聽到了成以勳的招呼聲。

「Herman Wong 又出現了，快來看。」成以勳邊咳邊說。

「你還沒睡！病人耶你。」

「妳上次還不是一樣坐在這裡看到凌晨。」成以勳拍拍沙發，「一起看吧，這樣才能開聲音。」

「……」跟上次一模一樣，毫無創意的理由。

我想起傍晚回家時的尷尬情景，不禁卻步。

成以勳彷彿讀出我的心思，故意壞笑，「怕什麼，我又不是猩猩王。」

「猩猩王」是一個很老的梗，大概就是色狼一邊摩擦手掌壞笑一邊接近女主角時會說的話；這句台詞源自於某部超級老港片裡女主角被一頭大猩猩擄走的情節，之後許多電影或戲劇裡，色狼要對女主角下手時，看著女主角驚恐的表情，就會奸笑著說：「怕什麼，我又不是猩猩王。」

以前成以勳在舊公司樓下等我時，常常跳出來嚇我，然後故意一邊壞笑，一邊說這句只有我們才知道的老梗。

對其他人而言，這是完全微不足道、無聊透頂的小事，然而，它卻在我心上留下了深刻的痕跡。

「再不過來，妳就看不到接吻鏡頭了。」

「……」為什麼把我講得像個變態？！

雖然如此，但還是不甘願地往沙發移動。

這集好像很重要啊，到底男主角能不能從變態 Herman Wong 手中救出女主角呢?讓我們繼續看下去。

「……嗯……妳生日快到了。」廣告時，成以勳帶著鼻音忽道。

我不知說什麼好，隨便應道，「謝謝你提醒我變老。」

成以勳靜靜一笑，靠在沙發上的樣子彷彿像幅畫，「今年想要什麼生日禮物？」

「什麼也不想要。」

這句話倒不是賭氣，其實我一向不喜歡自己的生日，很不喜歡。

「對喔……妳說過，妳不喜歡自己的生日。」成以勳以閒聊的口吻說道，「是因為妳媽媽。」

你一定要在男女主角要有重大發展時這樣破壞我心情嗎？

我看他一眼，「如果退燒了就趕快回去睡覺。」

成以勳帶著歉意，一邊咳，一邊說，「妳一定覺得我很討厭。」

「……」算了，病人。「好啦 Herman Wong 要下手了，你別吵。」

「糖糖……」

「我不想聽，我要看電視。」

「我是要說……」

「你煩不煩啊？」

成以勳看著我霍地起身，苦笑，「我只是想拜託妳把聲音開大一點。」

我瞪著成以勳，忿忿地坐回沙發後把遙控器丟給他。

變態 Herman Wong 現在把男女主角抓到山上，用一個大布套把他們倆的頭套在一起，但此時男女主角還在互罵。

——念很多書了不起啊？妳還不是連變態都倒追！

——要你管，再怎麼說我還是你上司，你這輩子就註定被一個連變態都倒追的女人踩在腳下！

——你聽聽你聽聽她叫你變態耶！

變態 Herman Wong 終於受不了男女主角，覺得男女主角真是天生一對的……賤人。於是，Herman Wong 就要求極度仇視對方的男女主角接吻，以作為懲罰。

劇情發展到這裡，成以勳發出了一聲明顯的嘆息。

「……幹嘛，對劇情有什麼不滿的嗎？」我隨口問道。

所以說一起看電視真的不太好，很容易就不小心因為劇情而開口跟對方說話。

成以勳抬起手指向電視，「雖然很期待這一段，不過還是覺得有點勉強。」

「哪裡勉強？」

「接吻啊……接吻怎麼會是懲罰？」

「但劇裡設定，這兩人互相討厭，所以是跟討厭的人接吻，那當然就算是懲罰了。」我說。

成以勳搖搖頭，瞇起眼看我，「妳前兩集都沒有認真看嗎?男主角明明就已經喜歡上女主角了，那這懲罰就不成立啦。」

「說是這樣說，但是除了男主角的詭異女友，根本沒人發現他已經喜歡上女主角啦。再說變態 Herman Wong 也不知道嘛，當然就覺得是懲罰了。」

成以勳摸著漂亮的下頦，過了幾秒後說道，「妳這麼一說，我反倒覺得Herman Wong 已經有預感了。」

「預感？」

「男主角千方百計想找出 Herman Wong 是變態的證據，正代表他很擔心 Herman Wong 會傷害女主角，所以前兩集 Herman Wong 才去警告男主角。」

我想了想，「是這樣嗎……」

「那當然。」成以勳繼續說道，「但是，對我來說，女主角會因為接吻而喜歡上男主角，這個轉折更不能理解。」他忽然往我的方向前傾，假裝手上有一支麥克風，「讓我們聽聽女性觀眾的意見——」

「什、什麼意見？」

「女生真的會因為跟某個人接了吻，而喜歡上對方嗎？」不知何時，成以勳的目光變得略微深沉。

我拍開他的手，決定胡說一通，「當然啊，沒看過迪士尼嗎？接吻之後就萬事 OK 啦！」

成以勳靠回他的位置，笑著搖頭，「妳敷衍我。」

「廢話現在電視更重要啊！」

——為什麼外面突然變得那麼安靜？

女主角問。

——那傢伙不知道會不會去拿什麼武器來對付我們！

——那怎麼辦，我們死定了……

——鎮定，鎮定點——

——我怎麼鎮定得了啊！你快想想辦法！

——好好好，冷靜！

男主角頓了一下，續道：

——現在最重要的就是順著他的意，別惹惱他，別刺激他，他要我們怎麼做就怎麼做……

「噗。」我不禁笑出來。

「看吧，我就說接吻才不是懲罰。」成以勳同時笑道。

這時，有人揭開了套住男女主角的布袋。

男主角一面吻著女主角，一面求饒道：

——大哥，在吻了在吻了，拜託給條生路啊大哥～

沒想到，來拯救男女主角的，卻是男主角的女友。

「噢喔。」我發出不妙的聲音，這集在這裡告一段落。「萬能女友出現了。」

「萬能前女友吧。」成以勳懶洋洋地反駁。

「比女主角年輕漂亮，頭腦又好，從這集看來，還是個武林高手，連 Herman Wong 都能打贏，真是了不起。」我從沙發上起身，伸了個懶腰。

「那又怎樣。人家男主角就是喜歡恰北北又兇又不可愛的女主角。」成以勳輕笑。

「所以說電視跟小說都是騙人的。」嗚嗚嗚被偶像劇和愛情小說騙了好多年，把我的青春還給我。

「別的我不清楚，但——如果是我，我也會喜歡上女主角吧。跟她在一起會很開心的樣子……」成以勳不知是很有感觸還是意有所指，「至少，跟她在一起很有話聊。」

按照你這標準，適合去跟按時間計費的心理諮商師聯誼，應該很有得聊。

「演完了，我也要去睡了，你還不睡嗎？明天請假？」

成以勳看向我，緩緩伸出雙手，「小姐行行好，拉我一把吧。」

「……」換我瞇著眼看他，「你要幹嘛？」

「我只是站不太起來，希望像迪士尼公主一樣心地善良的好室友幫個忙拉我一下罷了。」

我扠著腰，「為什麼不是像迪士尼公主一樣可愛漂亮？」嫌我醜就對了。

「人生在世，心地善良比較實用，至於長相……只能說，迪士尼公主我沒很愛。」成以勳露出相當欠揍的笑容。

還實用咧。

算了，拉就拉吧。

我走近成以勳，懷著一點忐忑朝他伸出手。然後——

什麼也沒發生。

「不是要我拉你？」我看著他，「我都伸手了，站起來啊。」

成以勳淺笑，「那只是個測試，我還是自己站吧。」

「測試什麼？測試我？」

成以勳起身，終於拉起敞開的睡袍，瞬間養眼度大減（誤），「只是想知道，妳是不是沒那麼生我氣了。」

「……無聊。」我哼了一聲，轉身。

「糖糖。」

「這次又要測試我什麼？」

成以動繞到我面前，在昏暗的客廳裡，沉靜地注視我好一會兒。如果以文藝小說的寫法，大概就是「那目光像是要把我刻進他的靈魂之中」這種讓我起雞皮疙瘩的句子。

「……所以說你到底要幹嘛？」我決定看回去。

「聽說，道歉太多次就會失去誠意……但我還是想再說一次，對不起。」

成以動的語氣既平穩，又冷靜。

「喔。」

反正……反正也就這樣了吧。

我確實也沒打算再記仇下去，並不是因為我心地善良還是傷口癒合，純粹只是因為現實。所謂的現實就是，當每個人都往前走的時候，不能只有我自己還停滯不前。那只會離大家愈來愈遠，離新生活愈來愈遠，離遇見新的人愈來愈遠。必須說，成以動的出現，某部分反而推動了我，讓我看清楚自己已經被困住太久太久，這樣下去沒有意義，也不開心。何必呢？

他稍微低下頭，躊躇了一會兒後輕聲說道，「那個時候，有很多事……」

「算啦。」能說出這兩個字，真的如釋重負，心念一轉，我的語氣也輕快起來，「別再說了。」

「但是——」

成以動欲言又止，可是我不想在這話題上多糾纏，索性一鼓作氣解決掉。

「我那時很喜歡你，」我提起勇氣說給他，也說給自己聽，「我從來沒這麼喜歡過一個人，不過，你不喜歡我，或者說，你沒那麼喜歡我，這也是沒辦法的事。比較搞笑的是，我花了很長很長的時間，直至今天，才決定放下這件我無能為力的事。很蠢對吧？很浪費生命對吧？所以啊，你不要再道歉了。你不喜歡我，不是你的錯，當然也不是我的，就這樣吧，我要去睡了，晚安。」

「——等一下，」成以勳更沙啞了，他使勁拉住我的手腕，我差點沒站穩。「聽我說——」

我看著他，「結束這個話題吧，好不好？」

「我喜歡妳，一直都是。」成以勳說完這句，鬆開我的手，他的手垂落身旁，顯得無力又無奈，「我本來沒打算說的——這份喜歡，從來就沒有改變過。」

聞言，說一絲開心都沒有是騙人的，但接湧而上的卻是疑惑和憤怒。

「成以勳你要我嗎？那你為什麼又跟周承嫣復合？為什麼不是選擇我，而是她？你說笑吧你。在你說出那句話之前，我真心覺得事情已經告一段落，大家說不定還可以平平靜靜當幾個月室友，但是——你現在這樣說是什麼意思？要嘛你現在唬我，要嘛你以前騙我，你到底是怎樣？」我劈哩啪啦說道，「如果你沒騙我，那你幹嘛回頭跟周承嫣在一起？還是你覺得一次要一個女生不好玩，一次要兩個才過癮？」

在我說話的同時，成以勳的眼神從落寞逐漸轉變，變得有幾分不置可否，也有幾分悲傷，然而，卻也夾雜著一絲戲謔。

聽我吼完，成以勳不知是為了故作鎮定還是掩飾些什麼，淡淡一笑，「我記得我那時說過，有很多事……」

「我是不知道有什麼貴事，如果你不喜歡我，那就是不喜歡。如果你喜歡我，顯然也沒多喜歡，反正那些『很多事』還是比我更重要；既然如此，你又何必說這些沒用的話？」

「我不覺得沒用，」成以勳嘆了口氣，卻還是保持淺笑，「至少我必須糾正妳一點，那就是『我是喜歡妳的』。」

「那你『糾正』得異常失敗，我完全沒有感受到這點！不僅如此，還把我好不容易放下的一切重新提起，讓我更難過。奇怪了，是不是只要很會讀書的人都是感情白痴啊？對不起我知道我罵到很多正常人，但我真心不解耶。」

相較於我的激動，成以勳非常淡然，咳了兩聲，道，「不解是正常的。我什麼都沒說明，妳當然不能理解。」

「那你說啊。」

他定睛望向我，「等妳冷靜下來，問問自己兩件事，『妳真的想要知道嗎』，『知道了會不會更不開心』，有答案之後再說。」

「呵！」我不以為然地冷笑，「你這叫『喜歡我』？我還以為被喜歡的人誤會，會急著解釋呢，成先生真是與眾不同啊。」

成以勳沒被激，仍掛著淡淡的笑，往前站一步，然後冷不防地低頭，濕熱的唇輕啄了我一下，隨即退回原處。

「你你你——」我用手背抹著唇，「你幹嘛？！」

「妳說接吻後就萬事OK了，自己說過的話，別忘記啊。」成以勳燦笑著越過我，走向自己的房間，關上門前不忘扔來一句，「謝謝妳的晚安吻，這下不夢到妳也不行了。」

05

今早我是第一個到辦公室的。

絕非因為我認真工作或者力求上進，只是因為哀嘆自己人生黑暗，加上摸不透成以動的想法因而嚴重失眠，索性早點起床。

摸不透，猜不透，我真是不懂成以動。

在昨天之前，我都認為他只是彌補之前的一些狀況，跟我和平共處，但經過昨夜，一切似乎都改變了——當然，在我心中他依舊是個壞傢伙，這點我想就算再過三十年也一樣。只是，他那幾句輕描淡寫、又未曾好好解釋的話，真的讓我想破了頭。這個人說當年喜歡我，那為什麼卻在該死的觀察期結束後說「我們不適合」？這人是在耍我？那過了兩年再耍一次很好玩嗎？想看看我會不會被騙兩次？不至於這麼無聊吧，又不是小孩子了。這人有難言之隱？他能有什麼難言之隱啊？難不成像韓劇一樣，發現分手的前女友懷孕了所以只好負起責任來嗎？如果真是這樣，那現在也不會單身了。

就這些問題，我翻來覆去想了整晚，一無所獲。

我都已經不知道是我智力不太夠還是缺乏想像力，昨天整夜都想到頭痛了我——算了，既然都已經到了公司，多想無益，把注意力放在成以動身上，繼續在那些問題裡打轉，只會讓我工作變得沒效率而已，還是好好賺錢比較實在。

一面打開電腦，一面翻開手帳日誌；我很老派，習慣用一日一頁的手帳，不像現在大家都記在手機上了。我翻開今天的日期，再度被提醒自己的生日快到了，看到年初預先在手帳記下的提醒，我拿出手機，把Line裡某位強者的聊天關閉提醒，關掉通話功能，順便也把她的所有號碼來電設為靜音。

做完預備動作，我還靜下心來向全能的主（已經放棄點了光明燈也沒用的菩薩）祈禱，希望某位強者最好這陣子都出國，不在國內，自然也就不會跟我聯絡了。阿門。

「哇，糖糖早啊，今天好早。」宜亭姊拎著早餐，推開玻璃門，神采奕奕，「好難得沒看到妳趕打卡。」

「哎唷別這麼說嘛，我一年下來偶爾也是會振作個一兩天的。」我笑道。

「對了，下個月初我老公要帶我去香港玩幾天，會請兩天假，可不可以請妳當我的職務代理人？」宜亭姊走至我座位旁，雙手合十拜託，「下次如果妳請假，我也會代理妳的。」

「好啊，不過，只有兩天，不是兩個禮拜吧？」我開玩笑。

宜亭姊大笑，「哪可能啦，請兩個禮拜假，請完也就不用回來了啦。」

「這倒是。不過能出國真好，好羨慕喔。」

自從大學畢業後跟齊貞和采茵去首爾五天之後，這些年來再也沒有出國過。沒有旅伴的苦悶，只有單身狗才懂。

「對厚，妳好像一直都沒有休假去旅遊……」宜亭姊拿出袋裡的三明治，說道，「我倒覺得妳可以參加豪華旅行團耶。」她雙目突然閃閃發亮，「說不定在旅行團裡可以遇到什麼有錢好男人喔，或者——」

「或者什麼？」

「有錢好男人的爸媽。」

我忍不住大笑，「哈哈哈，然後被看上，當作媳婦人選嗎？」

宜亭姊大力點頭，「妳不要笑，這不是不可能的喔。當然前提是妳參加的團要夠高級，成員水準要高，那種每餐都吃合菜還要跑購物行程的廉價團就別指望了。」

「宜亭姊妳研究得很深入啊！」

「那可不！我就是這樣成功嫁掉兩個妹妹的！」

「真的假的？！」我呆了一下。

宜亭姊一臉嚴肅，「當然是假的。哈哈哈哈。」

「早啊。」組長微笑著步入辦公室，「一大早聊什麼這麼開心？」

「我正在勸糖糖參加豪華旅行團。」

「宜亭姊說可以釣到有錢好男人喔。」我補充道。

組長抽動了一下嘴角，「……忽然覺得我們小組的女性話題距離我好遙遠。」

「組長別這麼說嘛，你也可以參加豪華旅行團，然後『娶』進豪門啊。」宜亭姊說道。

我們組長人很好，大家都很敢沒大沒小，不過，他也生過氣，平時脾氣愈好的人，真正生起氣更可怕。

組長苦笑，搖搖手，「就別了吧。」

「話說，我們組長大人究竟喜歡哪一種型的啊？」宜亭姊問道。突然覺得宜亭姊跟純嘉都很有紅娘架勢。

組長笑笑不答，端起他的馬克杯後起身，「我去泡個咖啡。」

等組長走出辦公室，宜亭姊便用「告訴妳一個大秘密」的表情說道，「我們組長真可惜。」

「可惜什麼？」

「太單純啊。」

「單純不好嗎？女生都喜歡老實人啊。」一想到惡棍成以勳，就很確定還是老實人好。

「選老公要老實一點的沒錯，但是跟老實人談戀愛就很無趣了。」宜亭姊以過來人的口吻說道，「話說回來，我前陣子才聽說，組長的前女友要奉子成婚了，真是世風日下嘖嘖。」

「呃。」

「妳知道吧？組長前女友就是樓上那個客服部的小天使譚如瑛。」

「原來是我們公司的嗎？！」我完全不知道這件事，雖然組長是齊貞的哥哥，但一直都在我們話題範圍之外。

「對呀，本來被看作金童玉女呢，畢竟我們組長也算得上是斯文歐巴。」

「是喔……」我不知該回些什麼，只想著果然每個人都有自己的故事。

「聽說譚如瑛的結婚對象是網路部的工程師哩，她帖子一出來，大家第一件做的事不是先賀喜，而是先來安慰我們組長。」

「是、是喔……」

真的找不到什麼可以附和的詞了，抱歉。不過確實也沒想到，原來在不知不覺間有發生這些事，看來我的反應確實有點遲鈍，觀察力也不太行。

「早安！什麼，今天糖糖比我還早！」純嘉一進門就大聲嚷嚷。

隨後進來的動感美少女小絮也瞪大眼睛，「糖糖竟然比我早，我今天是不是該去買樂透了？」

「欸欸妳們不要太過分。」我苦笑道。

如果不是因為輾轉難眠，我才不會提早出現！

早上班又不會多給錢，哼！

□

下班時收到兩則 Line，一則是是成以動像是什麼事都沒發生過那樣，用平鋪直敘的口吻說他臨時去高雄出差兩天，晚上不回家，要我小心門戶。那語氣非常淡然，什麼情緒也沒有。可是，我看完卻覺得有些火大，有些煩。

不過真正讓我瞬間情緒低落的，還是那通早在預期之內，而且果然確實出現了的訊息：

——女兒啊，下星期就是妳生日了，週末要不要一起吃頓飯？

好險 3D touch 救了我，我雖然看了內容，但依然顯示成為未讀狀態。

我盤算著，老是用很忙當理由，已經愈來愈難矇混過去，而且如果裝病，強者我老母會直接想殺來家裡照顧我，更恐怖。怎麼辦呢，但是我一點都不想跟她一起吃飯，早就可以預期她像鬼打牆般重複的問題：

——妳工作這麼忙但薪水這麼少怎麼辦。○○阿姨的女兒現在一年賺多少多少啊人家不愧是北一女畢業的以前就叫妳多念點書至少讀個研究所。

——妳要租房子租到什麼時候還沒有頭期款買房子嗎？□□阿姨的女兒在大安區買了一間小套房耶人家好有理財頭腦喔可是當年她讀的大學比妳爛怎麼會這樣。

——妳為什麼一直交不到男朋友？△△阿姨的女兒就要跟醫生結婚了而且也懷孕了妳知道女生有生育年齡的限制嗎再這樣下去妳生不出小孩就更沒男人要了妳有想過媽媽想抱孫的心情嗎別人都有孫可以抱。

——妳為什麼都不關心媽媽？媽媽是妳最親的人啊雖然沒有一起住但很歡迎妳到叔叔家來玩啊媽媽想煮點健康的東西給妳吃啊別人家的女兒都會跟媽媽一起出國玩妳為什麼都沒有……

諸如此類的。

從大學畢業、她跟男友同居開始，只要見面，她就只會問我這幾個問題。我敢保證，就算哪天我剃了個光頭去跟她見面，她關心的一樣只有這幾件事：為什麼賺這麼少、什麼時候才有男友可以結婚、哪時買房子、為什麼都不關心媽媽。

有一次我實在受不了，走出餐廳後忍不住頂嘴：

「妳知道為什麼我很怕見妳嗎？因為每次見到妳，妳就只會數落我的不是。對，我知道妳是在關心我，但是妳的關心很有壓迫感，妳懂嗎？不但有壓迫感，還讓我覺得自己很差勁，覺得自己好失敗，這樣清楚了嗎？！」

當然，強者我老母一點也不理解。

她之後用了整整兩個星期每天傳好幾通超長訊息和各種母愛影片來說明母親對女兒只會有愛跟關心，是不可能給予壓力的（顯然沒有意識到，這種不停傳訊息的手段就是一種壓力）。她並沒有理會我所說的話，只是重複想傳達一個訊息——那個訊息叫作「我是為妳好」，又名「我是妳媽不會害妳的」。

後來我深自檢討了自己的不孝，某方面我也可以理解她對於唯一的女兒不想見到自己，當然會十分受傷。但是，如果時常見面，我也會受傷（因為強者我老母依舊故我），我只好很努力尋找一些「能讓她感到我的關心，但不要主動來關心我」的方式。

好比說有一陣子我去學跳舞，只要漏接她電話晚回訊息，她就能理解為我忙別的事。後來她開始討厭、干涉我學跳舞，因為我「並沒有因此交到男朋友」，而且也「沒有因此變得比較會賺錢」，根本就是「白繳了學費」。再後來我去跑步，然後她安靜了一段時間（不到一個月）後就開始傳來各式各樣「跑步傷害膝蓋」、「容易被車撞」、「台北市空污嚴重小心跑步沒變瘦反而賠上健康」之類的網路影片。後來，有一次，我和臉書上電影社團的網友們（男女加起來五六個人）一起去看電影，她問了老半天，我說出來之後，她開始列舉「十大網路交友風險」、「網友性侵案件」等等。

該怎麼說呢，我不管做什麼，在她眼中都是「未經深思熟慮的孩子行為」。也因此她需要對我「善加勸導」。

我知道我的態度和表現確實不是一個完美好孩子，我也知道自己欠缺感恩的心。但是我已經成年很久很久了（久到我都不想承認），雖然離絕頂聰明有很長一段距離，但離沒有生活常識、無腦，也沒那麼近；只是，她的對待方式和關心，真的讓我吃不消。以前在楊氏重工有個同事是孝道魔人，她就說我會有報應，有天也會後悔。哪天後悔我不知道，不過老實說，如果我只是拚命壓抑自己去迎合她，在後悔那天來臨前，我可能已經先內傷身亡了。

因此，我一直很羨慕那種像朋友關係的母女，當女兒說出真心話時，不會被馬上打槍、否決，也許不同意，但能互相尊重的關係。

嗯，又一則訊息。

——要不要去吃德國豬腳？妳小時候很喜歡吃，只要不吃皮就不會胖了，要瘦一點才會交到男朋友。

如果是我老爸，就會直接反嗆：「德國豬腳就是要吃那個皮啊。」但再也沒機會聽到他這麼說了。

我收起手機，又隨即拿出來端詳，這支手機已用了很久，如果不幸摔壞，絕對是很有可能發生的吧。好比說，搭捷運的時候從我手上飛出去之類的……這麼一來，在我買新手機之前，應該就能過個幾天安靜日子了，對吧？

嗯，唐海怡，妳可以再蠢一點，

花一兩萬換來幾天安靜，那不如真的拿錢去報旅行團好了。

我在心裡對自己說，然後準備把手機塞回皮包中。

說時遲那時快，手機就這麼從我手中飛出去，並沒發出什麼聲響，以勉強算得上是直線的狀態跌落人行道。我呆了一下，要去撿時已來不及。

一輛剛離開機車停車格的白色 Gogoro 後輪就這樣輾過我的手機。

□

「對不起——」騎著 Gogoro 的女學生道了歉，但也隨即撇清，「我本來就不可能知道地上有什麼東西在，是妳自己沒拿好。」

確實如此，但不知為何，她撇清的口吻還是讓人有點不悅。但這不能怪別人，我聳聳肩，撿起前後都碎裂的手機，放進包包裡。女學生用她的後背包擋住車牌，似乎怕我記下來。

「是我自己不小心。」我說。

她睜大眼，語氣雀躍起來，「這可是妳說的，代表我沒有責任喔。」

我沒接話，繼續往捷運走去。

走了幾步，從銀行大片落地玻璃的反映我可以看到，那女學生以很緩慢的速度騎車離去，彷彿對我就這樣離去有些不解，不過，我相信，更多的是慶幸吧。

一時間，我想起了某部影集裡的對話。

那部影集說，「讀過心理學的人都知道，世界上沒有所謂的意外。」

□

睫毛扎進眼裡，搞得淚水不停。

我坐在梳妝台前，想用棉花棒沾出睫毛。一旁的 iPad 播著整理好的鋼琴演奏曲，先是披頭四的〈Yesterday〉，再來是〈The Girl from Ipanema〉和〈Strangers in the Night〉、〈Killing Me Softly〉等等。男生或許很難了解，有時靜靜坐在梳妝台前做點什麼，是女孩子放鬆的一種方式。某種放鬆的儀式。

我哼著歌，看著棉花棒沾出來的睫毛，想的是等等得寫封 mail 給大家。內容很簡單，不過就是抱歉我砸了手機，最近請使用 mail 聯絡，Line 基本上已廢之類的內容。短短幾句話，而且主要的收件人還都是同事。喔，對，也得寫給強者我老母——這樣一來，我應該可以平安度過危險的生日週。不過，一想到明年也有生日，就覺得每年都得開發新方法，實在相當頭痛。

很久以前和采茵、齊貞聊過，采茵是那種直來直往的性格，她覺得我應該要習慣跟強者我老母吵架，久了兩人就能拉開距離；齊貞和她媽媽的感情很好，相對來說比較溫和，一直好言相勸，要我多陪陪強者我老母，後來采茵開玩笑說，「只要妳常常陪她天天陪她，她就會覺得看到妳很煩，巴不得妳離遠遠的了。」

「好主意！」我那時似乎是邊笑邊答道。

後來我確實往這條路走了一陣子，但是在收到效果前先開始精神緊張。那陣子只要一看到強者我老母的來電顯示和訊息視窗，我的心情就會瞬間沉到馬里亞納海溝底部，被沉重的水壓壓得呼吸困難。

於是我放棄了。有部日劇的名稱很適合形容這樣的我——「逃避雖可恥但有用」。

上完化妝水，簡單地厚敷了一層晚安面膜，正當我打算小睡片刻，等午夜到客廳看電視時，忽然間兩聲急促而巨大的砰砰聲像要衝破我房門般響起。

——我去高雄出差兩天——

我猛然想起成以勳的訊息，在一秒內嚇出冷汗還後退了兩步，驚恐地瞪著房門。成以勳去了高雄，那敲門的會是誰？！

不是變態就是搶匪！

天哪而且這個時候我還沒有手機可以求救！

我倉皇萬分地張望，觸目所及，整個房間只有一支竹製不求人長得勉強像是武器，我立即抓起不求人，另一手拿起枕頭，權充盾牌，萬一歹徒拿東西刺向我，枕頭還可以作為緩衝。

憤怒的敲門聲再度響起，這次伴著男人的聲音——

「糖糖！」

「咦？」

「唐海怡！妳在不在？！」

是成以勳？這人為什麼這時會出現？

我走向門口，伸手拉開安全鎖，成以勳似乎也從外面轉動門把，幾乎在同時打開。

「妳在家！」成以勳一身西裝，鞋也沒脫，喘著氣，緊張驚惶，他伸手抓住我雙肩，目光越過我，往我房間看，「妳沒事吧？」

「啊？」黑人問號了真是。我問，「我有什麼事？」

「妳訊息不回手機不通，我以為妳怎麼了！」成以勳使勁晃著我，「發生什麼事了？！」

我倒是第一次看到成以勳驚慌失措的樣子，不禁失笑，「什麼事也沒有——啊，不對，也不能這麼說，不過沒什麼大不了的，只是手機壞了。」

成以勳皺眉，懷疑問道，「手機壞了？」

「回家的路上，手機摔壞了。」而且還被 Gogoro 輾過。我掙開他雙手，「就只是這樣，所以訊息和電話都接不到是正常的。」

「……那新手機呢？」成以勳沒好氣地問。

「哪來的新手機啊，又還沒買，過陣子吧。」我隨口說道，「倒是你，你不是去高雄出差兩天嗎？提早結束啊？」

成以勳沉著臉，一臉不悅，「我開完會，想到要提醒妳睡前鎖好門戶，里辦公室前面有貼，最近本里內衣賊盛行——」他停頓了一下，忽然斜斜轉身，撫著額，「——喔天哪。」

「天什麼哪？」不解。

成以勳不知為何露出苦笑，接著揮揮手，「算了。沒什麼……等一下，妳臉是怎麼回事？」

「喔，這個，面膜啊。」

「看起來綠油油的，而且有奇怪的薄荷味，」他湊近我的臉，「還有草味。」

我瞪著他，「所以咧？你找我有什麼事？」敲門敲得這麼大力，害我連武器都準備好了，只差沒大喊決一死戰。

成以勳沉默了幾秒後，看向其他地方，「……忘了。」

「啊？！忘了？！」

「這不重要。」他以命令感滿溢的目光注視我，「明天晚上我要看到妳的新手機。」

「靠你以為你是誰啊。」

「同居人。」

「同你——」糟了！我硬生生吞回後面的話，改口，「同什麼居啊，你不要到處亂講喔我警告你。」

「妳現在出門買手機我就不亂講。」

「……你有毛病。」我哼了聲，「我想買的時候會買，不勞您費心。」

「我明天晚上回來就要看到。」他看看錶，一臉不容抗拒，「妳有二十四小時，就算上PChome訂也來得及。」

一時間有種這人很適合去演宮鬥劇皇帝的Feel，但我並不是需要看人臉色的後宮小女人。

「我不要。」

「妳……好吧，我問妳，沒有手機怎麼聯絡？」

「沒事就不要聯絡啊。應該不會有什麼急事吧。」我想了一下，「家裡最近有什麼要注意的嗎？除了本里內衣賊很多之外。」

成以勳瞪著我，「內衣賊還不夠？」

「什麼呀，我又不是這個意思。」

「妳都不在意自己的小內被壞人拿去嗎？」

小、小內——

「我的都是阿嬤款，人家不會要的啦。」

此言一出，真的是後悔莫及……我這是何苦……要嗆他難道沒別句了嗎？可惡，竟然把貼身秘密講出來，我這到底是在幹嘛啦！

「總之，妳現在是我轄區的人，妳的安全我得負責。」成以勳鐵著臉說道。

「『轄區』，你不如說『領地』好了，領主大人。」我屈膝一禮，「好了好了，領主大人出差回來很累了吧，快去洗澡睡覺了喔，感冒才剛好就舟車勞頓好可憐，一定累壞了吧，快回房去休息吧，乖。」

「妳少敷衍我。」

咦聽得出來啊？

「沒有，領主大人怎麼說呢？草民，不，民女寄人籬下，怎敢放肆對大人不敬呢？還請大人早點歇息。」

「妳很愛演嘛……」成以勳望著我，忽然勾起嘴角，「……那個枕頭跟不求人是怎麼回事？」

「喔，這個啊。我想說你今天不回來，那會來敲門的一定是壞人，就拿了武器準備決一死戰。」說完，我把手上東西往床上一扔。

成以勳探頭看看我房間，打量了一會兒，「滿別緻的嘛……」

「欸，我沒有邀你進來喔。」

「為了公平起見，我就勉強一點讓妳見識見識我房間。」

「謝謝再聯絡。」我推他出去，「好了，沒事了，你要說的話說完了吧，快去洗澡睡覺。」

成以勳看看沒亮燈的客廳，回頭看看我，道，「妳鎖門吧，我走之前會去把前後陽台的門鎖上，只是大門的安全鎖妳自己要上，我從外面也鎖不了。」

「你要出去的話，我鎖上安全鎖，你就進不來了，等你回來自己鎖。」

「我明天晚上才回來。」成以勳重新調緊鬆開的領帶，扣上西裝外套，拎起扔在客廳地上的行裝，「明天一早高雄有會要開。」

「明天星期六耶。那你現在下高雄？！」我呆了一下，「現在十二點多了耶！」

成以勳嘴角輕揚，「捨不得我加班？總之半夜也有客運。所以，妳要把門鎖好，知道嗎？」

總覺得哪裡怪怪的。「……好啦。」

「記得明天去買手機。」

「有事 mail 聯絡不行嗎？」我無奈說道。

「妳好像在兩年前就封鎖我了。」

「噢！」這倒是，徹底忘了。

成以勳露出「真拿妳沒辦法」的神情，「妳以為我今天晚上沒寫過嗎？」

「啊哈哈。我會解除封鎖的。」我不好意思地笑笑，但又覺得似乎不必給他好臉色看，「你快出發吧。」

「我還沒鎖陽台門。」成以勳轉身走向陽台，但隨即折返，狐疑地問道，「該不會——」

「嗯？」

「沒錢買手機吧？」

對啦對啦你是要借我錢還是要送我？

成以勳見我翻翻白眼，想了幾秒，說道，「我知道了。」

「你到底知道了什麼？」

「知道妳沒錢買手機。」

「……」我自暴自棄地走向大門，還打開了一道縫，「對對對我是貧民這樣你滿意了嗎？快點，門在這裡，陽台我自己鎖，拜託你快出門，拜託。」

成以勳似乎相當不滿我的表現，但他看看錶，認清了非走不可的事實，「……那記得鎖門，注意安全。」

「是是是，大人路上小心，小的不送了。」我努力擠出最後的耐性和禮貌，「恭送」領主大人出門。

「……現在到底是怎樣啊。」我不禁自言自語，關上大門，依言反鎖之後，忽然覺得真是累爆。啊，連續劇！可惡，已經開演快半小時了，太過分了啊啊！

打開電視時，已經演到自從男女主角接吻過後，兩人吃什麼都覺得是甜的。歷劫歸來的兩人請同事們一起吃午飯，沒想到每道菜都相當難吃，同事們紛紛抱怨又臭又苦，只有男女主角不覺得。回到律師樓之後，同事們紛紛刷牙漱口，女主角不禁說道：

——約了男朋友要漱口，那〇〇〇（男主角）跟 Michelle（男主角的詭異女友）出門豈不是要整容了？

——我已經整過了，不然哪有這麼帥，妳是不是想要一封介紹信啊？

男主角立刻反嗆。

重點是，這時馬上有配角插嘴，東拉西扯幾句之後，聊到了接吻。配角說：

——接吻對於一個女孩子來說，是非常神聖的！

——所以一旦吻了之後，就會把對方當作自己男朋友。

這時女主角非常驚恐，道：

——不會有這麼嚴重吧……

配角又道：

——當然有這麼嚴重！接了吻就是打算跟對方發展一段蕩氣迴腸

的戀情了。

靠，神聖？！

有沒有這麼誇張。

少來，騙我沒看過漫畫還是偶像劇嗎？

現實生活中哪可能！

這、這……會不會想太多？！

我不自覺按著自己的雙唇，意識到一件很恐怖的事。

我的初吻，是在兩年前跟成以勳曖昧時期被他偷走的。

然後事隔兩年，昨天又發生一次——

這麼說來，我可是被他佔盡了便宜啊，混帳東西！

另一方面——連續劇裡配角所說的似乎也不是沒有道理——仔細回想，當年似乎也因為那個吻，讓我對成以勳更加的……該怎麼說呢，更加的死心塌地。唉。

我托著腮，呆呆看著電視，忽然意興闌珊。

連續劇就是連續劇，男女主角真的因為接了一次吻便發覺兩人在無止境的爭吵下已經日久生情，可是看看我自己，根本就只是很悲哀的小白鼠而已，被人拿來實驗用的。高興戳就戳，高興餵藥就餵藥，高興抽血就抽血。為什麼呢，為什麼我好像只要一碰到成以動，就落入了任人宰割（誤）的境地？

摸著下頦，突然發現長了顆痘子，想也知道是昨晚徹夜難眠造成的結果。成以動果然是我生命中的瘟神，對，一定是這樣沒錯，我昨天晚上絕對是忘了用艾草水洗臉漱口袪袪邪才會衰到現在！都幾年沒長痘痘了，現在竟然冒出一顆又痛又肥的，成以動你根本帶毒吧。

成以動你——

我不禁嘆了口氣。

你到底為什麼要那麼接近我？

距離遠遠的，不好嗎？

□

雖然是很精采的一集，但是我實在沒辦法專心看。男女主角終於「面對現實」，開始進行「接吻後續確認」，劇情也很精采，但我卻還是滿頭滿腦黑人問號。當然，這些問號全都是關於成以勳的。

關上電視後我倒了杯水回到房間，在梳妝台前坐了下來，不過馬上想起還沒鎖好門窗，於是又走出房間，查看了一下前後陽台的鎖，確認全都鎖好之後，再度回到房間裡。

我覺得，在大部分的女生看來，我應該都是個不折不扣的笨蛋吧，笨到會讓其他同類以我為恥的那種。為了一個人糾結這麼久，到底是笨還是有毛病，我自己都不好意思說了。然而，我也確實羨慕那些可以輕輕鬆鬆重新開始的女孩們，不知道如果我努力練習，可不可以變成那樣。

我拿出很久很久之前買的抗痘藥膏，點了一些在那顆肥紅腫三者齊備的痘痘上，一面想著這條藥膏到底過期沒有，該不會已經變質，然後我的痘痘在五秒鐘之後自動爛掉吧。

iPad 響起了 mail 通知，我側身拿起，滑開螢幕，是組長回信。

　嗨，收到信了。

沒有手機很不方便吧？

明天中午別忘了，十二點，西門誠品一樓見。不過因為妳沒手機，所以我想地點訂得更清楚一點，就是西門誠品一樓的 Porter 專櫃。

明天見。

差點忘了。

不，是完全忘了。

我伸手調好鬧鐘，為了確保不要遲到，iPad 也設定了。

明天要去暴飲暴食（？）了耶，應該會很開心吧。

只是，「應該」這個詞，卻說明了我此刻的心情。

06

「嗨，沒想到，結果遲到的是我。」組長在我身後出現，不好意思地笑笑。

「沒有遲到啊，現在都還沒十二點呢。」我笑道。

今天應該是我第一次看到組長穿便服，學院風的淺灰色開襟毛衣裡襯著深藍色襯衫，燙得筆挺的九分褲和一雙保養得相當有光澤的深黑油蠟德比鞋，濃濃英倫氣息和斯文型鵝蛋臉的組長相當搭。

「組長今天很帥呢。」我說，「原來你很會穿搭。」

組長霎時微微臉紅，咳了兩聲，「我今天本來就會請客呀。」

「噗，說得我好像不是真心稱讚，只是想騙你請客。」

組長笑了笑，「有沒有吃早餐？」

「當然沒有，有人請客還吃早餐，簡直太不上道了。」

他點點頭，「非常好。」

進了餐廳坐下後，一面等著點心推車過來，組長一面找話題。

「對了，妳的手機——到底發生什麼事了？」

「手機嗎？就是走在路上的時候飛出去了。」我說。

「這麼不小心。」組長笑道，「不過我有注意到，妳好像是裸機使用，既沒裝殼也沒裝一條腕帶或者指環扣什麼的，很有勇氣。」

我有點驚訝於組長的好眼力，「組長太厲害了，看得真清楚。其實剛買新手機時有裝個手機殼，只是後來覺得買了一支那麼貴的手機，結果整天面對的卻是個便宜殼子，很奇怪，乾脆就裸機了，手感提升不少，當然，悲劇風險也隨之增加。」

「是呀。」

組長不知是不是要安慰我，笑道，「反正舊的不去新的不來。」

「那妳等等要去買新手機了嗎？」

「過幾天吧。」

他有點訝異，「過幾天？」

我故作嚴肅，「現代人的生活被手機綁架得太嚴重了，幾天不用手機，剛好可以反璞歸真一下。」

「不過，手機時常要收驗證碼什麼的，臨時要用，沒手機就麻煩了。」

嗯這我完全沒想過，「……好像是耶……這點我沒想到，哈哈。」

「哎！蝦餃燒賣鳳爪豆豉排骨牛肉球魚翅餃需不需要？」點心推車終於出現了！

我跟組長同時起身，他笑笑，「妳坐吧，想吃什麼跟我說就好。」

「那當然是燒賣、鳳爪跟豆豉排骨。」我正要回座，又看到另一側來了腸粉推車，「組長，我要點腸粉，你要什麼口味的？」

「選妳喜歡的吧。」

「那好。麻煩給我叉燒腸粉和炸兩腸粉。」

哇哈哈哈，多久沒同伴可以一起飲茶了，一想到可以盡情點單，心情果然大好。我盤算著等等絕對要再來個灌湯包還是燒鵝拼盤，不不，還是乳豬吧……啊，美食果然是人生存下去的一大動力！

「……呵，妳好像很開心。」組長回座之後，替我添上茶，笑道，「是不是覺得來對了？」

「真的！最近好多煩心事，但是一看到滿桌點心，心情瞬間好了一半。」

「有什麼煩心事，說來聽聽。」

我笑問，「組長要當齊貞的代替品嗎？」

他聳聳肩，「有何不可？」接著一笑，「這樣我就不用一直想話題了，哈。」

「噗。」

「說吧，有什麼煩心事？該不會是工作壓力太大吧？」

我連忙搖手，「不是啦。跟工作無關。」

「那是因為——」

我想了一下，輕描淡寫地說道，「在審視自己過去的感情歷程。」雖然是很中庸的講法，但仔細想想根本沒啥歷程可言，也不過就是跟喜歡的人曖昧之後被甩，然後怨恨很多年罷了。

但一想到這裡，我不禁脫口而出，「組長我問你喔！」

他嚇了一跳，「妳說。」

「一個男生為什麼要吻一個女生？」嗯這麼說很怪，我更正道，「就是——在什麼情況下，男生會想要吻某個女生？」

「當然是因為喜歡，有好感，情不自禁吧。」好險組長並沒有覺得我問了蠢問題。

「所以，你覺得不會有男生因為想要讓那個女生不好過，所以吻她？」

組長失笑，「除非他是《東成西就》裡的歐陽鋒，嘴唇中了毒，想把五毒散傳給對方。」

「呃……我不是這個意思……不過你讓我想起歐陽鋒的香腸嘴，真是促進食慾。」

組長不置可否，看著我，「該不會最近有桃花方面的困擾？」

「沒有沒有，」我說道，「只是最近剛好……常常在想這方面的事。」

「介意我問嗎？妳以前喜歡的那個男生，是個怎樣的人。」組長道，「如果不想提，完全可以不說。」

我用指尖轉著茶杯，想了一下，「也不是說不能提……只是我不太會形容……反正都過去那麼久了……他喔……」猛然間，我想起成以動昨晚叮囑我注意安全的樣子，「怎麼說呢，不是壞人，但卻還是造成了傷害——啊不對，組長你不是要問這個吧，你應該是要問長相還是個性之類的。」

組長意味深長地挾起一塊排骨入盤，「我覺得妳說到一個重點，不是壞人，但還是傷了人。」

想到這點，多少有些難過。

「……是啊，」忽然間好心情又統統不見了，我清了清喉嚨，決定換個聊旁人八卦的口吻，「我跟那個人以前是同事，近水樓台吧，很有得聊，久了就愈走愈近，說起來，我跟他的笑點是很一致的。」看連續劇的品味也很一致。

「外型呢？」

「下巴稍微短個三公釐的西裝油頭款彭于晏吧——這是以前公司同事給他的綽號，不是我說的喔。」

「那相當帥。」組長故作傷心，「被比下去了。」

「別這麼說嘛，齊貞說組長你大學時也是人稱『淡江李鍾碩』啊。」

「她亂講的，我讀大學時李鍾碩還沒演男主角呢。」

「組長竟然有在看韓劇，我以為男生都不太看呢。」

他笑笑，「前任愛看，不得不陪看。」

「原來如此。」

我想到宜亭姊聊到的組長前女友，不免有種同是天涯淪落人的感嘆。

「妳喜歡飲茶，那也喜歡港片或港星嗎？」組長挾了個燒賣給我，問道。

「港片很少看，比較常看港劇，而且還都是骨灰舊劇。」我說道。

組長點點頭笑笑，「快吃吧，今天要吃多少都可以。」

「謝謝組長。」

嗯嗯嗯，這人果然是妹控，自己的妹妹不在，非得找個假妹妹來顧不可，也算是奇葩了。不過，這不是便宜到我了嗎？回家之後還是發個 mail 謝謝齊貞，沒有齊貞就沒有今天這一頓大餐啊。

午飯結束時，我非常慶幸今天穿的是長版上衣和內搭褲的輕便組合，如果貪漂亮穿個牛仔褲還是沒彈性的裙子，拉鍊非爆開不可，實在吃得太撐。後來組長建議，反正飯後也該散步消消食，於是就到了附近的電信門市看看手機。大概是我太久沒買新手機了，都不知道現在手機價格愈來愈接近我整個月的薪水。連看了幾支標價後，深深覺得不如還是領了年終再來買。

□

下午三點多，我和組長在捷運站口道別，他說有伴一起吃飯真好，我也衷心這麼覺得，於是我們決定，以後就當彼此的「飯友」，還說了等領薪水之後一起去吃燒肉。

本該是個愉快的週六，但飽足感帶來的幸福，在我走到家門前的剎那煙消雲散，一丁點也不剩。不僅如此，如果原本的心情是陽光普照，現在已完全風雲變色了。

「女兒呀！！！」強者我老母以尖銳的高音迎向我，「妳怎麼失蹤啦！！！」

「沒有啊，我沒失蹤啊。」為了以防萬一，我也有寫 mail 給她，顯然她沒收信。

我老母氣急敗壞、一臉不悅，「妳到底發生什麼事了？Line 不讀不回電話也打不通，很恐怖耶！」

「我有 mail 給妳，我手機壞了，OK？」強者我老母雖然辦了網路吃到飽但卻總是把流量花在傳送長輩圖和搞笑影片上，完全無視 mail 功能。

「妳這是什麼態度？為什麼要寫信？妳可以打給我呀！還好我有妳的地址，妳本來連地址都不想給我吧！怎麼會這樣呢，我可是妳的親媽媽呀，妳為什麼都不懂得媽媽的愛心呢！媽媽很愛妳呀，無時無刻都很掛心妳，妳知道嗎？」

「我知道我知道，」實在很怕路人側目，但如果請她上去坐，我也不會有什麼好下場，她上次來的時候把我的房間嫌得一無是處，除了床底有鬼這種話以外能說的都說了。「妳冷靜點，是我不好，我應該去買張電話卡打給妳，對不起，都是我的錯。為了表達我的歉意，我們去咖啡店坐一下吧。」

「咖啡店？不用了，浪費錢！你們年輕人就是這樣，什麼事都要去咖啡店，一杯都要上百塊，錢很好賺嗎？好像非得去個咖啡店才有品味一樣。」

「那不然去 Seven 好了。」

我老母瞪著我，「不用了！對了，妳說，妳手機壞了是嗎？」

「啊，對。」

「怎麼壞的？妳怎麼這麼不小心？是不是搞丟了不敢講，只好說壞掉？手機這種東西就跟妳說睡覺的時候不要插著充電，會爆炸的，為什麼這麼大了還不會照顧自己？」

「……事實上它沒爆炸，是摔壞的。」我直接說道，「就是走在路上，手滑，掉在人行道上。」

「所以說你們這些年輕人啊，真是要不得，走路還在那邊滑手機，到底為什麼會養成這種習慣啊？我以前可沒有這樣教妳。」

以前，以前也沒有智慧型手機吧？

唉唉頭好痛。我都付出了一支 iPhone 作代價，為什麼安靜的日子只持續不到短短48小時？為什麼？理論上破了財就要能消災，為什麼這次完全沒有效果？！

接下來強者我老母就開始在原地對我展開再教育，從日常生活做人處事財經常識到情感婚姻，全都「開示」了一遍，內容和五年前的並無二致。除了聽得耳朵發疼之外，我也站得累了，只好她講她的，我放空我的。從過往經驗我清楚得知，這時如果打斷她，只會讓事情惡化，變本加厲，既然已經讓她抓到開口的機會，就得讓她一次講完，不然她又會從頭開始，直到她的怨氣全部一吐為快。

大概就這麼過了半個多小時，天色已經開始微微轉暗，宛如我此刻心情的混濁深色雲朵開始佈滿天空。

這時，強者我老母終於停了下來，從手提包裡拿出保溫瓶，喝了點水。她把保溫瓶收回手提包時，忽道，「像妳現在，出門也沒帶水吧？這樣不行啦，要自己帶杯子裝水才環保啊，妳懂嗎？」

「……懂。」

「啊對了，十五號妳生日，那天晚上妳有約嗎？」老母問。

「有！當然有，公司聚餐。」我連忙說，必要時我願意請純嘉宜亭姊和小絮一起吃巷口的餛飩麵！

「我就知道，」強者我老母不悅地咂咂嘴，說道，「母難日不跟媽媽一起過，真不知妳是怎麼想的。還好我早就料到，所以我跟妳叔叔說了，訂好十四號晚上的餐廳了，提早過是『暖壽』，如果妳又有事，我就改十六號，反正晚過就『延壽』，總之妳選一天吧。」

……看樣子是逃不掉了。

我腦海裡浮起之前看楚漢相爭的劇集時「項莊舞劍意在沛公」的橋段。反正去之前先吃飽，因為強者我老母最討厭我在別人（尤其她男友）面前開吃；然後呢，回來後再吃掉一整瓶若元錠，想也知道那頓飯絕對難消化。大概就這樣吧。

我從容就義地答道，「好啊，就十四號晚上。」我可不想帶著恐懼的心情捱到十六號，早死早超生。

強者我老母終於點點頭，勉強滿意，「記得要化個妝，衣服選高級點的，妳不是有名牌包嗎？那天要拿出來用啊，知道嗎？」

「是，遵命。」已放棄掙扎。

「還有，妳什麼時候才要去買手機？不要把錢都花在手機上了，能用就好。」

「我知道。等等回家就會上網訂了。」

反正本來想藉由沒手機換來的清靜日子已經完全無望，那就沒必要拖著。

可惡，明年生日我絕對要出國玩，而且是去那種連上網卡都買不到的國家！

□

半夢半醒之間，我聽到有人打開大門，接著雞排的香味也傳了過來。我稍稍翻了個身，但仍沒什麼力氣坐起來。隨著氣味進屋，還有吱吱喀喀的腳步聲。

——腳步聲？！

我揉著眼睛，撐起上半身。

「……吵醒妳了？」

溫柔而沙啞的聲音，屋子裡很暗，過了幾秒我才意識到是成以勳。

「你回來啦。」我打了個呵欠，「好暗。」

成以勳這才打開客廳的燈，「想說開燈會吵醒妳。」

「真貼心。」希望我的語氣不要聽起來太諷刺，因為我並沒有那個意思。

「我買了妳最喜歡的泰式雞排、豬血糕，還有烤香菇串。」成以勳一手拉開領帶，一手鬆開西裝鈕釦，「就這樣睡在沙發上，不怕著涼？」

「本來沒打算睡的，只是想坐一下，沒想到睡著了。」我看看牆上的鐘，「已經九點多了啊？」

「妳看起來確實很累。今天出門去買手機了？」成以勳彎下腰，把我門口的鞋排好，全都鞋尖朝外。

「沒有。」

「妳穿著外出服，皮包都還掛在身上，鞋子也脫在玄關，結果不是出去買手機？」他露出「真不懂妳」的笑容。

我聳聳肩，「跟同事出去吃個午飯而已。」

「因為是應酬，所以很累嗎？」

「不是應酬……」我把卡在肩上的皮包拿下來，「只是跟齊貞的哥哥一起吃頓飯。」

成以勳看向我，「齊貞？妳那個好朋友鄭齊貞？她哥哥怎麼會是妳同事？」

這件事解釋起來雖不複雜，但有點長，我簡單說道，「現在我跟齊貞哥哥在同間公司上班，而且他剛好是我主管。然後呢，這是我開始上班之後才發現的。」

「鄭齊貞的哥哥……叫什麼名字？」

「鄭齊瑞。你問這幹嘛？」

「閒聊啊。今天只有妳跟鄭齊瑞一起吃飯？」成以勳端來竹製托盤，上面放著香味四溢的泰式雞排、豬血糕和烤香菇串，還有兩瓶可樂和餐巾紙。

「嗯，對。」我盯著食物，「……好香，這個味道聞起來很熟悉……」

成以勳微笑，把托盤放在我面前，「妳最喜歡的那家『別G動』。」

……雖然當年曾經叫他買過幾次送來，但真的沒想到他還記得這麼清楚……我用竹籤撥開紙袋口，看到雞排已經確實如我喜歡的那樣切成小塊，泰式酸辣醬也妥善地另外包好了。烤香菇串則是另一家我喜歡的夜市串燒，豬血糕則又是在另一處夜市買的。

「……你跑了三個地方？」

「有人說豬血糕只愛吃南機場夜市的，炭烤香菇串要去公館夜市，泰式雞排的話，要樂華夜市的。」成以勳勾起嘴角，「我的記性還可以吧。」

很可以！

但是我卻無法坦率表現出感動。

「……好久沒去夜市了，原來這三家還沒倒，不錯不錯。」結果，我只能彆扭地講出這種話。其實，我真心謝謝成以勳。

成以勳拿起可樂，扭開瓶蓋，「我也很久沒去夜市了。算起來是這幾年第一次吧。」

「是喔，」我把醬汁淋上雞排的同時突然想到，「——你不是早上在高雄開會嗎？」

「正確來說，是早上開到晚上。開完會對方公司派車送我到高鐵站，到台北的時候已經快八點了。」成以勳故意壞笑，「要開始盤查我行蹤了嗎？」

「才沒有！」

我只是——

只是對於你這樣奔波替我買吃的，覺得很不能理解罷了。

「快吃吧，涼了就不好吃了。」

「嗯……」我停頓了一會兒，「那我就不客氣了，謝謝。」

雖然中午吃得很飽，又睡了一下午，應該不會肚子餓才對，不過美食當前，我還是以迅雷不及掩耳的速度嗑掉了兩串烤香菇，一條花生粉超厚的豬血糕。

「……好吃嗎？」成以勳興味盎然。

「啊，你要不要吃？」我把僅存的一串烤香菇遞給他。

「君子不奪人所好。」

「腎者不炫己所長。」我脫口而出。

成以勳伸手戳了我臉頰一下，「妳真是。」

「不小心接話，抱歉。」有時就是這樣，不經大腦。

「對了。」

「嗯？」

成以勳湊近我，以充滿魅惑的語氣，性感的眼神，向我低喃——

「妳知道妳剛剛睡到打呼嗎？」

成以勳！拜託！你幹嘛！

我被花生粉嗆到，拍著胸口猛咳，一句話也說不出來。

你現在是怎樣啦？！對啦我睡覺會打呼你又不是第一天發現！

以前講電話講到睡著你不是已經聽過了？！

還有，幹嘛用這種表情這種口吻這種音調講啊？

那是用來勾引女生的，不是用來話唬爛！

「嗯，嗆得很嚴重啊，看起來很生氣的樣子……來，喝點飲料吧。」他替我打開了可樂，遞給我。

「廢話！」灌了一大口可樂之後，我好不容易迸出聲音，「你很過分！」

成以勳倒是好整以暇，閒閒說道，「這是復仇。」

「復什麼仇？」你向我復仇，你是瘋了嗎?當初是你甩掉我不是我甩掉你耶。

「誰教妳昨天搞失蹤。」他哼了一聲。

「我那是因為手機壞掉。」

成以勳冷哼一聲，「別以為我不知道，妳是不想接令堂電話，才故意搞壞手機的。」

「——你你——」

「妳要問我為什麼知道。」

「你、你為什麼知道我要問你為什麼知道？」其實我都不知道自己到底想知道什麼了。

「……妳以前就這樣了，一到生日就想捂著耳朵躲起來。」成以勳又喝了一口可樂，「生日前一定抑鬱，加上突然失蹤。」

我想了想，確實以前曾經跟他聊過。

但是——不對呀——

「欸，你很搞笑耶，」我說，「既然你都知道我為什麼消失了，幹嘛還一直找我？」

成以勳露出「妳是笨蛋嗎」的神情，「都已經過了兩年，我怎麼能確定妳還是跟以前一樣？再說，妳一定沒看小心內衣賊的佈告，不提醒妳怎麼行？現在雖然只是偷偷內衣，誰知道哪天會不會兇性大發直接私闖民宅隨機下手？」

「真的想太多。」我嘟囔道，「反正就算內衣賊真的跑進家裡，也會被我的打呼聲嚇走啦，這樣可以了吧。」

成以勳聞言，又戳了一下我的臉頰。

「別動手動腳的。」我格開他的手，哼了聲。

「……妳的吃相還是很有福氣。」

我瞪他一眼。

「好了，妳慢慢吃，我去洗澡。」

成以勳從單人沙發起身，伸了個懶腰，我抬頭瞄他，他看起來也累了。想起以前曾經為了試探他，叫他半夜去夜市買豬血糕來。有一次忘了加香菜，但已經半夜一點，隔天還要上班，我仍狠心叫他去重買。後來等他開車到南機場時，人家早就收攤了。

我看著成以勳一面鬆動頸子，一面提起行囊走進房間，忽然覺得很不好意思。

同時也不解。

這並不是順路可以買回來的東西，而且他還是從高雄奔波回台北後又連跑了三個夜市。如果說我不懂他為什麼這麼做，似乎不太對，然而那個理由，卻也讓我害怕。

經過這段日子的相處，我已經把過往的負面情感放下很多了，不敢說全部，但至少已經可以自自然然地面對成以動，也不會再不停沉浸在「為什麼會這樣」、「為什麼他不喜歡我」、「我跟他之間到底哪裡錯了」等等根本不太可能有理想答案的糾結中。畢竟，那些糾結的問題，重點從來就不在於有沒有正確解答，而是在於我自己是否能接受答案。

可是，就在我覺得一切都已經快要告一段落的時候，成以動對待我的方式，卻又重新讓我燃起某種稱不上是希望的情緒。這兩天，偶爾，確實有「奇怪」的念頭突然在某個瞬間浮現，然而那並不真實，我也不願去期待。

忽然間我想起了一首很久以前的英文歌，主唱似乎是黎安·萊姆斯——

Shame on you if you fool me once,

愚弄我，是你不該

Shame on me if you fool me twice,

被你愚弄兩次，是我不該

You've been a pretty hard case to crack,
我早該知道你難以對付
Should've known better, But I didn't,
可惜我卻沒領悟
And I can't go back.
如今，我只能往前
……

□

「人如滄海柳葉船，離群隱居自己情願，前途偏偏多挑戰，若問吉凶，我亦難判斷……」我重複哼著這首〈決戰前夕〉。歌詞實在寫得好，完全就是我此刻赴宴的心境。「……命運不得我挑選，前途生死自己難斷……」

帶位小姐領我到水晶燈下的一張四人小圓桌，「請。」

「喔喔！海怡來了！」強者我老母倏地瘋狂揮手，頸上一大串

MIKIMOTO 的三層珍珠項鍊閃閃發光，前額還特地吹整出減齡瀏海，相當用心。

「好久不見啊。」

叔叔點頭微笑，這時坐在他身旁的年輕男性起身了，「妳好。」

「你們之前見過了對吧，這是柏瀚，還記得嗎？」強者我老母滿臉笑容道。

張柏瀚是叔叔的兒子，大概一兩年前見過一次，沒有同桌過，大概就是在叔叔家樓下碰過，打個招呼的程度。

「你好。」

我禮貌微笑，但也有點小不悅——啊不是要幫我慶生，沒事找這個人來幹嘛？

落座之後，發現今天的座位安排有點微妙。我左右分別是叔叔和老母，正對面卻是張柏瀚。這座位安排得有點耐人尋味。

點好了四人套餐後侍者送上酒單，我說我不需要，但強者我老母非常堅持「紅酒對身體很好」，硬是要我來一杯。我暗自深呼吸，也是啦，她沒有看過我發酒瘋的樣子，要是看過，應該會求店家在酒櫃前放個三層拒馬才對。

很愛品酒的叔叔選了一支我完全不懂而且也不太會唸的智利 2012 Casa Lapostolle Clos Apalta，雖然對酒的價位不了解，但我真心覺得給我喝五百以上的酒就是種浪費。

侍者斟好酒後，叔叔率先舉杯，「海怡，祝妳生日快樂。」

「生日快樂。」張柏瀚也道。

「喔呵呵呵～」這笑聲當然不是我發出來的，強者我老母馬上伸手推了我一把，「妳看看妳張叔叔和柏瀚對妳多好啊，喔呵呵呵～」

嗯，如果身為局外人在一旁欣賞，其實應該會覺得強者我老母挺有喜感的。

我微笑答道，也舉起酒杯，「謝謝大家。」

等前菜上來後，不知為何，強者我老母突然開始把話題都往張柏瀚身上堆。我以前就聽我老母提過張柏瀚是台大什麼國際關係高材生，留學美國康什麼爾的詹森什麼管理什麼院，如今在什麼麥肯錫顧問公司上班，年薪是我輩小資族想都不敢想的數字。

「真的很了不起呢！」強者我老母說道。

「嗯，真的，實在很優秀。」我把帕瑪火腿送入口中，心裡想的是干我X事以及這家餐廳的核桃和火腿品質不錯。

「我的興趣是古典樂和擊劍，」張柏瀚露出略微得意的表情，「而且一週上健身房三次。」

那算什麼，我週一到週五可是每天都跑步的，

因為不拔腿狂奔的話，上班一定遲到。

「這樣啊。」我開始進入「這樣啊原來如此是喔真的嗎我都不知道耶」循環。

「唐小姐平常喜歡什麼休閒？」

我正要回答看連續劇時，大腿冷不防被我老母一擰。

我撐起笑容，「看看書啦，畫畫圖啦，做做菜啦什麼的——」

這些統統沒做過。

強者我老母馬上接話，「是呀，海怡很文靜的。」

靠北現在真是在慶祝我生日嗎？我怎麼一點都看不出來！

還有，別以為我不知道「文靜＝不運動」。

「看書啊，我之前才抽空看了《人間失格》跟《百年孤寂》呢，真是好書。」張柏瀚說道，「不知道唐小姐最近看了些什麼書？」

《an.an》。喔，還有《mina》。

這時我老母立即用視線提醒我別亂講話。

我想了好一會兒，才擠出答案：「《鹿鼎記》。」

我至少看過兩個版本以上的電視劇，我知道這故事在幹嘛，有信心不會弄錯。

張柏瀚瞬間露出「這也算？」的表情，但仍笑道，「金庸的武俠真是一絕，我學生時代也很愛。」

送上湯品時，老實說我已經有點恍神了。

我用僅存的一點理智思考著，這該不會是以慶生之名行相親之實的爛局吧？

我一年也就一次生日，雖然不想過，但是有必要這樣整我嗎？

而且像張柏瀚這種高級知識份子，最好是看得上我這種女生。

一想到這裡，就想摔湯匙，可惡。

「兩位這邊請！」

不知哪來的服務生，在氣氛良好又幽靜的餐廳，以熱炒店的音量招呼客人入座隔壁小圓桌。

我被這音量一震，倒是清醒不少，不自覺地稍微瞄了一下隔壁桌。

——啊？！

這下我湯匙真的摔了。

隔壁小圓桌的客人，聽聞我發出的聲響，轉頭看我後也同時呆住。

是成以動，跟，

他那有著複雜過去的前女友，周承嫣。

07

——我喜歡妳，一直都是。

——我本來沒打算說的——這份喜歡，從來就沒有改變過。

笑死人了，那你現在在幹嘛？！

跟你不喜歡的前女友坐在情調好氣氛佳的法式餐廳，攤牌呀？！

我一肚子火，明知道自己沒資格生氣，也不該發火，但完全無法控制，整個怒從中來。我緊緊握著那根湯匙，深呼吸著，努力不發出聲響地放回原位，然後拿起紅酒一飲而盡。

「妳怎麼了妳，一口氣喝這麼多！」強者我老母花容失色，伸手推了我兩下。

「沒關係沒關係，喝完再開一瓶。」叔叔大方地說道。

「唐小姐酒量不錯。」張柏瀚笑道。

這時強者我老母不知是不是想轉移注意力，接口道，「哎唷都是自己人，柏瀚你就叫她海怡嘛，叫什麼唐小姐，太見外了。」

無所謂，叫什麼都行。

我已經都無所謂了。

一股熱從四肢往心口衝，我感覺額頭似乎滲出了薄薄一層汗。

接下來，我根本完全無視同桌聊天，只在意著隔壁桌。我承認我很沒品，但我真的很想很想趴過去聽個清楚，不過僅存的理智阻止了我，我假裝重新開始喝湯，實際上豎起了耳朵。

但是句子並不完全，只能聽到一些片段，其他不是被強者我老母的高亢笑聲蓋過去，不然就是服務生替他們點菜跟說明的聲音。

——……我在台灣很好。

——是嗎。

——妳這次回來是要長住？

——這取決於你。你希望我留下來嗎？

——……妳知道我的答案。

——是啊，我想也是。你已經有答案了，但我卻還在尋尋覓覓。

——妳不是說過，自己一個人，很輕鬆很自在嗎？

後來周承嫣怎麼回答我沒聽到，因為侍者正好送上我的主菜。

「瓷盤邊緣溫度較高，請小心使用。」侍者說道。

「好，謝謝。」我漫不經心地應了一聲，接著「啊」地叫出來。

強者我老母剛剛又擰了我一下。

顯然她對我的表現相當不滿。

這時，成以勳往我的方向看了一眼，輕皺起眉。

好想好想好想——

對他比個中指。

嗯，但是我沒有。

回去之後，我一定要用最粗最粗的黑筆在手帳上把今天塗好塗滿。

從來就沒過過這麼有意義的生日，真是太令人感動。

我都要哭了。

□

「焗烤龍蝦味道怎麼樣？」

「起司味很濃，很好吃。你的鴨胸呢？」

「也不錯，跟無花果醬汁很搭。」

「我覺得他們家配菜也滿用心的。」

「是呀，不像上次……」

雖然明確聽見同桌人的聲音，不過這些字詞沒辦法在腦海裡集中，也無法被判讀。我不知道自己不停偷瞄成以勳和周承嫣的舉動是不是已經被大家發現，只是一面教訓自己這樣很沒品，但又一面忍不住找機會側耳聽聽或者窺看他們的表情。

「呃。」我臉上一紅，連忙垂頭，看著自己的主菜裡。就在剛剛，當我又找到機會看向隔壁桌時，成以勳早有預謀地迎上我視線，並且扮了個鬼臉。

這個壞傢伙，這時還有心情扮鬼臉？！

「海怡，妳沒什麼吃啊，」張柏瀚關心道，「是不是不合口味？」

「啊！啊，喔，不會，很好吃，不過，我其實已經有點飽了。」

我隨口亂說。飽是沒飽，不過酒意已經滿滿上升，我酒量非常差，而且醉了之後很容易意識不清。現在只覺得一肚子酒氣。

「喔呵呵呵，海怡最近在節食吧，女孩子還是顧好身材最重要。」強者我老母邊說，邊要求我的應和，「——媽媽說的對不對呀，海怡？」

「嗯，對。我太胖了，應該要減肥。」嗯，怎麼什麼都聽不到？而且頭開始有點暈。

「海怡不算胖啦，今天是慶生，還是要多吃一點。我還訂了個哈根達斯的蛋糕呢。」叔叔的聲音從側面傳來，剛好蓋過了周承媽的某句話。

接著只聽到成以動模模糊糊的低沉嗓音，說道：

——不是說好了，就這樣落幕嗎？我已經盡力了，妳家人那邊，還是要靠妳自己處理，事情不講開，只會再痛苦下去。

——你說的都對，該放下了……

——我已經……

接下來的話，又聽不清楚了。

這時餐廳的背景音樂又正好從平緩的鋼琴演奏換上音量驚人的不知名進

行曲，嚇了我一跳。

「妳又怎麼了？」強者我老母看我一眼，語氣掩不住責備。

剎那間，我的腦袋就像《蠟筆小新》裡的媽媽美冴一樣，啪一下耐性斷線。

「我喝醉了，要先回去。」我用最後一絲禮貌，平靜地拿起餐巾，放在桌上。

「這是什麼話！」我老母失聲叫道，「妳在幹嘛？！」

「叔叔，柏瀚先生，不好意思，我不太舒服，想先回去了。」我把椅子往後推，站了起來。

「欸──還有蛋糕呢。」叔叔跟張柏瀚果然是父子，兩人異口同聲。

「啊，不用了，謝謝。叔叔對不起，謝謝，但是我真的醉了。」

叔叔比我老母反應快，他推了張柏瀚一把，「這樣啊，那讓柏瀚送妳回去吧。」

「是呀是呀，妳既然喝醉了，就不能一個人回去。」強者我老母附和道，「柏瀚你不是有開車嗎？人家柏瀚前陣子才買了一輛保時捷呢。」

「保時捷的 Cayenne，妳應該知道吧。」張柏瀚不免露出幾分得意。

不，我不知道，所有車裡我只認得三等分披薩標誌，Ca 什麼的那是啥？

「沒關係的，我坐計程車就好。」我說，一面保持平衡，做個手勢讓侍者把我的外套拿過來。

「別開玩笑了，妳都醉了怎麼一個人坐計程車？還是讓柏瀚送妳回去吧，再怎麼說妳畢竟是個女孩子。」這句我不知道是叔叔還是我老母說的，因為已經開始有點耳鳴。

更糟的是，剛剛的侍者完全會錯意，他沒把我的外套拿來——

反倒端來了哈根達斯的蛋糕！

「既然蛋糕都來了，不如先點蠟燭切蛋糕……」

「來來來，點個蠟燭，許個願！」

「早點交個事業有成的男朋友，或者減肥成功好了。哇妳看看妳看看，妳叔叔對妳多好，這個蛋糕上千塊呢！」

「不是『上千塊』，是『快三千塊』！」

「啊喲，怎麼買這麼貴的？不是叫你買小的就好嗎？」

「妳在這個時候講這幹嘛……來，點好蠟燭了，切蛋糕吧。」

嗯，似乎有把冷冷硬硬的長條物品塞進我手裡。

「哎！海怡，妳在做什麼？！」

之後、之後──

這個嘛，我什麼都不記得了。

□

我做了一個夢。

在夢裡，我化身成那部連續劇裡的女主角，拿著像是雞毛撣子之類的東西揮舞著，然後闖進男主角房裡，我一面脫下外套，一面對成以勳說：

──你怕什麼，我又不是猩猩王！

成以勳慌忙中從床上坐起。

──這種事沒錢我可不幹。

——你也知道平常我有多討厭你了，今天本小姐心情好，給你錢花也無所謂！

我還動手摸了下他的下巴，接著，拿出大把鈔票。

——兩百元，一鞭！

——喂！妳有病啊，兩百？我才不……三百吧！

我把錢扔向成以勳。

——馬上開始。

抽了不知多少鞭之後，我在夢裡還開了張支票（我哪來的支票？）扔給他，要求成以勳吃我一棍。

——不不不，這我沒辦法，有錢也沒命花，小姐我不行。

——你現在是要逆我意就對了？！

——是我不好，招呼不周，這我真的沒辦法！小姐！小姐妳幹什麼！住手呀妳！

□

「……」我猛然睜開眼睛，看到的是客廳的天花板，燈光有些刺眼。

然後是一張貼著ＯＫ繃的臉，「醒啦。」

「你怎麼會在這兒？不是，我怎麼會在這兒？」

「妳說呢。」成以勳嘆口氣，伸手扶我坐正。

我摸摸胸口，跟出門前還是同樣的打扮。「……我什麼時候回來的？」

「三四個小時前。」他穿著Ｖ領針織上衣和卡其色九分褲，還有無印良品的拖鞋，手上拎著可樂。

我靜靜坐著，想起剛剛的夢，想起最後在餐廳裡。

那時，有個巧克力口味的蛋糕，聽說不便宜。

餐廳裡，強者我老母、她男朋友和她男朋友的兒子一起幫我慶生，實際上根本是假慶生真相親。然後——

我霍地轉頭看向成以勳。

「你為什麼會在那裡？」

「哪裡？喔，妳說那家餐廳嗎？周承嫣跟我約在那，妳不是親眼目睹了？」他不以為意，輕描淡寫地說。

一時間我不知道該說什麼才好，既沒立場逼問，也沒資格生氣，只好隨口亂說，「……你們就不能坐遠一點嗎？」

「我還滿高興就坐在隔壁的。」

「啊？」先生你發燒是吧？

成以勳聳聳肩，在單人沙發坐下，蹺起二郎腿，雙手以優雅的姿態十指交錯，背部舒服地靠著。

「我一直不太確定妳的想法，直到剛剛在餐廳裡，終於能確認了。我很高興。」

「興你——」糟了，又要脫口而出，「有什麼好高興的？你別告訴我你就是喜歡被瞪。」

「看到妳快要抓狂、衝過來的樣子，實在非常有趣。」成以勳微笑，「是我人生數一數二的樂趣。」

「你人生問題很大。」

成以勳十分同意地點點頭，「我承認。我也不知道為什麼，認識妳之後，以前的人生樂趣都消失了，就只有妳能帶來樂趣。」

「所以我活該被你耍？」

成以勳平靜誠懇地回應，「做人對社會有貢獻是好事啊，糖糖。」

「糖你個大傻叉！」最好被你耍是社會貢獻啦，果然還是忍不了，算了算了，再憋下去會內傷。「別逼我揍爆你的臉！」

「妳辦得到嗎？」

「你別小看我啊，我高中時可是跆拳部——」

「的經理。不是嗎？印象中妳說妳都站得遠遠的，很怕被踢到。」

我漲紅臉，「你少在嘴巴上吃我豆腐。」

「真是世風日下，人心不古，那好吧，既然妳都這麼要求了，身為一個紳士，我不會拒絕淑女要求，就恭敬不如從命，付諸行動。」說著，他身體前傾，伸長手捏了下我鼻子，「——小姐，這樣，滿意嗎？」

我拍掉他的手，「你別給我嬉皮笑臉！」可惡，還好我的鼻子沒墊過，是原裝的，不然變形怎麼辦？！

成以勳若有似無地淺笑，靠回沙發後，抬眼看了一下牆上的鐘，「過十二點了，生日快樂。」

我沒好氣地瞪他，「最好是快樂得起來。」

「以我個人的淺見，妳相當有資格快樂。」成以勳扳起手指，開始數，「首先妳砸爛了一個看起來很貴的蛋糕；再來，妳用酒潑了妳媽媽男朋友的兒子；接下來妳抓起盤子裡的食物丟到服務生臉上；再後來，妳用蛋糕刀丟我，問我到底想要幹嘛；等我把妳架上車之後，妳還非常努力地想示範電影裡的搶方向盤經典畫面。今晚，我是有史以來第一次覺得自己的壽險意外險似乎保得不太夠。」

我終於從沙發上起身，「我，我真的做了這些——」

「妳酒量完全沒有進步，還跟人家喝什麼酒。」成以勳並沒露出責怪的神情，「好險最後還是平安到家，差點以為要跟妳一起死在路上了。」

「可是、可是……」我不懂，「為什麼是你帶我回來？你怎麼會跑來攪和？」

成以勳嘆口氣，說道，「妳一開始發酒瘋我就注意到了——不過想不注意到也很難——總之我走過去，簡單自我介紹我是妳男朋友，然後跟他們一起試圖架住妳——」

「男、男朋友？！你在胡說八道什麼啊？！你跟我媽他們說你是我男朋友？你瘋了你？」

「不然說同居人會比較好嗎？就算說室友，也不見得願意讓我帶妳回來吧？妳平心靜氣想想，是我帶妳回來比較好，還是妳那個負面情緒製造王老媽帶妳回來好。」

反、反駁不了，可惡，真不想承認，這點成以勳完全正確。

如果是強者我老母送我回來，一定會把這次的事作為把柄，把我房間翻過來一遍，好找出讓她更加堅信我這女兒不思長進、沒有前途的各種證據。

一想到這裡，我便頹然坐倒，「……讓你看笑話了。」

成以勳看著我，「去洗澡睡覺，妳明天還得上班吧？」

我搖搖頭，感受髮絲摩擦著沙發，然後忽然想起——

「她看到我了吧？」這個她，不必指名道姓也知道。

成以勳點點頭，「我請她先回去，有事下次再談。不過，其實也沒有什麼再見面的必要了。」

語氣非常自然平淡，我摸不透成以勳，但有一點可以確定，我實在沒料到會讓周承嫣看到自己這麼狼狽的樣子。可是，也有一絲微妙的情緒浮現——成以勳沒跟周承嫣一起離開，而是來到我身邊，想方設法把我帶回來。

「為什麼不跟她一起走？」為了避免錯誤解讀，我問道。

成以勳終於沉下臉，「妳覺得呢？」

「想看好戲？」我說。

「那我應該會叫她跟我一起留下來，然後點一瓶紅酒邊喝邊欣賞。」成以勳的聲音透著一股寒意，「唐海怡，妳到底把我當成什麼人了？」

這題我會！

「壞人。」我明快地答道。

「妳給我站起來。」成以勳起身，同時對我比個手勢，還挽起袖子。

「幹嘛？要吵架這樣很好啊，你居高臨下耶，先贏一半。」

「真不敢相信妳好意思說我嬉皮笑臉，」成以勳誇張地朝一旁重重嘆口氣，「我真是瞎了眼才會喜歡妳。」

「如果是以前的我，聽到這句話很容易就受騙，但我現在不會了。何況就在剛剛我還老了一歲，有種東西叫『成長』！」

成以勳瞪著我，「快站起來，我要面對面跟妳講話。」

「那你可以推開這個茶几，彎個腰或是蹲下來啊。」

成以勳凝視我半晌，再度嘆息。

「妳在我生命中寫下了很多個第一。」

「第一個想動手打的女人？」

我絕對是被那部邪惡的連續劇影響，講話才會這麼欠揍。

「我們就不能好好說個話嗎？我不懂，前幾天都還好好的——」成以勳忽然打住，接著又像恍然大悟，又像胸有成竹地笑了兩聲，「吃醋啊，糖糖？」

「最好是！」

「難怪問我為什麼不跟她一起走，是我不好，我反應太慢。」

我哼了聲，「話都是你在講，我可沒說。」

「事實勝於雄辯。」成以勳微笑，「她回台灣，約我見個面聊聊，我不否認，她曾經提出一些要求，不過我什麼也沒答應。」

「我懂，考慮中嘛，考慮完之後，自然該答應的就答應啦。」這話說得不好，太酸了，顯得我很在意他，下次不能再這樣。

「講一些不著邊際的話挖苦我，這樣有什麼意義？」成以勳攤開手，「糖糖，妳聽我說，我不是非要現在談不可，但我希望能跟妳好好說清楚。」

「你兩年前就跟我『說清楚』了，不是嗎？」我冷道，「我都還記得，你說『你有了結論』，你說你『覺得並不適合』，你只是沒有直接說『我想我不喜歡妳』。這樣還不夠清楚嗎？」

「糖糖……」

「還有，我前幾天都還好好的，沒錯，那是因為我覺得當室友的這段期間，我已經能夠慢慢走出來了，我其實很慶幸，我在想，我終於不再被你困住了，我可以重新開始，我應該能夠再遇見別人，再喜歡上別人吧。」我終於起身，抬頭直視成以勳，「但是，你又自以為是地動搖我。什麼叫對我的喜歡沒有改變過？這種話你也說得出口？你根本是在耍我，你是不是覺得能兩度勾引同個女孩子喜歡自己很有成就感？像你這樣的人一定不懂，被一段感情困住，然後很長很長時間無法重新面對，到底是怎樣的感覺！」

□

我躲回自己的房間，砰一聲關上房門，抓起 iPad 發 mail 給齊貞：

——妳老家的房間還空著吧？拜託妳，讓我過去住一陣子。

連主旨都沒來得及輸入，就聽到急促的敲門響起。

就在我轉頭並懊惱自己忘了上鎖時，成以勳已經打開房門。

「不准進來。」

成以勳站在房門口，深呼吸，低聲道，「難道我這兩年就很好過？妳被困住，我又何嘗不是？有很多事妳並不知道，但那並不表示我就沒為妳受苦。」

「你要說的就是這個？」

成以勳放棄似地轉過頭，「其他事，等妳冷靜下來再說。」

我沒說話，逕自關上門。

過了幾分鐘，人在美國的齊貞回信了。

——好啊，傢俱都在，妳一卡皮箱就可以搬過去了。我會跟我哥還有我媽說一聲，沒問題的。不過妳突然要借住，是不是妳租的房子出了什麼事？今天是妳生日吧，生日的壽星突然發這種信給我，我有被嚇到。

——事情有點複雜，總之，是沒辦法再繼續住了，大恩不言謝，等我把事情處理告一段落，再跟妳聊。別擔心，我好好的。再聯絡。

我簡單回了信，把 iPad 放在梳妝台上，開始在房裡踱步。

□

洗完澡出來，已經接近半夜三點，但我的情緒絲毫沒有平復。

每每想到成以勳那句「有很多事妳並不知道，但那並不表示我就沒為妳受苦。」我就怒火中燒。

「為我受苦？說謊不打草稿。」我喃喃自語，用大毛巾擦乾長髮的同時，又不由自主開始在房裡走來走去。「……說什麼理由要保密……想不到理由就說想不到理由，還保密咧……」

如果不是復合，又幹嘛跟周承嫣一起去日本？

我拚了命回想，他跟周承嫣一起去日本的消息，當初到底明確的內容是什麼。可是，怎樣都想不起來。只知道他再度同意接受指派到日本，但這次不是東京，而是離東京不遠的橫濱。同事們提到，像成以勳這種專業度和業務能力、外語能力兼備的人才，外調海外若能做滿一兩年，也許回國時就能擔任高階主管。不知道是誰說了一句「連女朋友都帶去，那一定是打算撐滿兩年才回來。」之後也有人接話「成以勳那麼受歡迎，女朋友不跟去多危險啊，說不定就在當地娶了個櫻花妹哩。」「都在一起那麼久了，不至於吧。」「難說。」

對，有聽過這樣的對話，就在我得到觀察期結論不久後。所以，我直覺認定，成以勳根本已經和周承嫣復合，並且決定帶著她調派日本——

這時，我聽到了成以勳房門發出了微弱的吱嘎聲。

不知是哪裡來的力量驅使著我，我顧不得長髮還沒吹乾，也打開房門走了出去。

成以勳從廚房走回來，拿著杯子，注視我。

跟換上睡衣的我不同，他還是剛才的穿著，顯然還沒盥洗。

他沒料到我會走出房間，勉強開口，「還沒睡？」語畢，腳步未停，走回房間。

我未經思索，跟了上去。第一次看見他房間全貌，盡是深藍和灰色佈置。

「『觀察期』結束之後，為什麼要跟她復合？」我盡量以平緩的口吻說道，「理由是什麼？你們還一起去了日本，在日本住了兩年，不是嗎？」

成以勳寒著臉，「我是跟她一起去了日本，可是——妳聽清楚——我並沒有跟她在一起，也沒有復合。理由，我答應她會保密，沒辦法告訴妳，但是，我說的是真話。」

「你覺得光憑這幾句話，我就會相信你嗎？好，就算真的是這樣，那你為什麼選擇在日本待了兩年，而不是回台灣找我？你即使回了台灣，也沒打算找我吧，要不是種種巧合，我大概要五十年之後才會跟你重逢。」

成以勳回望著我，「我很不想承認，不過，如果妳想知道，我可以告訴妳——因為我對自己沒有足夠的信心。」

「信心……」

「再加上，在日本的生活忙到我每天都只能搭末班電車回家，累到根本無法思考。某種程度上，我很感謝那樣的生活，至少我忙到沒有時間想妳，也沒有時間去想自己到底有多糟糕。」成以勳放下杯子，說道，「後來有一次我跟台灣這邊聯絡，終於有個跟我私交比較好的同事告訴我，其實妳已經離職很久了。」

我靜靜聽著。

「直到那個時候，我才終於明白，原來自己有多麼喜歡妳。」

「……」

「沒有人想把自己的人生活得像莫名其妙的電視劇，」他說，「但這就是發生了。猶豫，加上錯過，加上沒有信心……我好一陣子不知道自己在幹什麼。我在日本試著打回台灣，妳的手機，可是電話已經變成空號，mail 封鎖，寄回台灣給妳的信也石沉大海……」

成以勳走近我，拂開我額上的濕髮。

我閉上眼，淚水滑落臉頰。

□

驚醒的時候，我真的嚇出一身冷汗。

成以勳顯然很清醒，「……怎麼突然醒了？」

我雖然沒像電影還是小說裡的女主角那樣張牙舞爪地尖叫，但也立刻掙脫成以勳的懷抱，想從床上起身。

「噓，噓——」成以勳用有力的雙臂固定住我，以我從未聽過的堅定語氣，低沉而溫柔地說，「我有話要說，妳好好聽著，我不知道以後還有沒有機會說第二次，所以，妳靜靜聽我說。」

就這麼被說服實在很傷自尊，於是我又掙扎了幾下，當然，也因為被他的語氣震懾，並沒有使盡全力，結果這麼一來，倒像我只是裝模作樣了一番。

「……我從小就是一個果斷的孩子，」我完全沒想到成以勳竟用了這麼一句作開場白，我不由得呆住。他平緩認真地續道，「中學的時候，很輕鬆就決定了想念的學校，知道自己擅長和不擅長的事，在同學們都還搞不清楚自己的志向時，我就已經很確定自己對精密儀器、機械方面的興趣。我這個人，在區分喜歡和不喜歡的事物上可以說相當拿手，判斷從來沒有失誤過。另一方面也可以說，我的性格很極端，好惡分明。

「後來高中、大學，在學習方面，我完全走著自己選定的路，沒有半點猶豫，也從來不曾懷疑過。所謂的『猶豫』，在我那時的人生裡基本上從來沒有出現過。或者講得極端一點，我不知道什麼叫『猶豫』或『難以選擇』。我其實不確定這樣的個性是怎麼形成的，不過，對當時的我來說，擁有這樣的性格並沒什麼不好，大部分時候，好處還算不少。

「我記得，妳以前問過我交往過的女孩子。我已經不太記得自己到底說過些什麼，但是很可以確定的是，喜歡和不喜歡之間，我總是輕易就能判別。也就是說，我的情感從來就不會在灰色地帶徘徊，根本就不可能。喜歡就在一起，感覺消失就分手，我連愛情也處理得很俐落果決，不拖泥帶水。

「因為二十幾年來的人生都是這樣，所以，我逐漸對自己的判斷力產生了一種信心。倒不是覺得自己一定是對的，而是堅信我不是個會後悔，或者對自己的選擇感到疑惑、不安，甚至動搖的人。」

成以勳說到這裡，忍不住發出一聲輕嘆。

裸露在被子外的肩，感受到他的氣息，我輕微地縮了一下。

他鬆開一隻手，默默地拉高被子。

「所以？」我有些困難地發出聲音。

「……嗯，所以……」成以動似乎思索了一會兒，我背對著他，因此只能猜測他大概皺起眉了吧。他的聲音繼續以平穩沉靜的語調傳來，「……在遇見妳的那年秋天以前，我一直都是這樣相信著，幾乎可以說是堅信不疑。只是這樣的信心，在遇見妳之後就慢慢一點一滴地瓦解了。用『瓦解』這個詞可能有點負面，更明確來說，應該是終於能夠理解，所謂『徬徨』是什麼樣的感覺了。明明很想靠近妳，但是不可以，我有交往對象。

「後來，我被派去日本一季，因為她的爺爺一直都在日本，於是她也決定跟我一起去。在日本的時候，我總是在想，其實我不是喜歡妳吧，我應該只是跟她之間出了問題，相處久了，已經不再有最初心動的感覺。我第一次不停詢問自己，到底自己目前的感情是處於什麼狀況。

「再然後，她突然跟我提了分手。很有趣吧。我記得那天，下著不大不小的雨，我加班到晚上九點多，一邊想著這時的電車很多人之類的瑣事，一邊走出公司；一走出來，就看見她撐著傘，在公司大門前等我。她說她在爺爺家悶得發慌，想跟我一起喝杯咖啡。我跟她到了一家24小時營業的連鎖咖啡店，就是那種燈光超明亮，咖啡跟輕食都不怎麼樣，純粹賣個空間的連鎖店。她點了熱拿鐵，我點了火腿三明治，兩個人就坐在行人來來往往的落地窗邊，每當自動門打開，就會聽到雨聲。

「我吃完三明治的時候，她還是動也沒動過那杯咖啡，於是我說，應該涼了。忽然間，原本正在滑手機的她，抬頭直視著我。那天她有化妝，我印象很深刻，因為我第一次看見她塗上那麼豔紅的唇膏。她用一種觀察植物還是昆蟲的眼神看了我很久，然後小小聲地對我說，我們分手吧。我很訝異，然後瞬間意識到，原來她並不是沒有注意到我的變化。我一時之間說不出話，真的，一個字都說不出來。現在想想，應該是說，我的腦中一片空白，連反問她一句『妳確定嗎』，都隔了很久很久。

「她點點頭，說她確定。然後說，她覺得有些東西消失了，有些則是變了。她說她到東京之後，忽然覺得也許一個人留在東京生活是個全新的選項。反正她並不缺錢，雖然沒有父母，但在東京還有爺爺可以依靠。就這樣，沒有說理由，我也不知道自己是不想追問還是因為太驚訝而忘了追問，話題自然而然就轉換成『她打算一個人留在東京，不跟我回台灣』了。而且，她很平靜地說了一串之後的計劃。那天晚上我回到公司宿舍後，不禁在想，也許她已經考慮這個問題很久很久了。

「說也奇怪，當時的我有一種事情並不會就這樣完結的預感。或許是這預感作祟，也或許我跟她都想放手追求全新的改變，我竟然完全沒有挽留她。後來有一天，她又到公司找我，請我去她爺爺家共進晚餐，她說，她爺爺不知道我們分手的事，爺爺年事已高，身體不好，不想讓爺爺擔心。我當然明白她的想法。再怎麼說也是和平分手，何況我們家曾經受過她爺爺的恩惠，我很爽快地答應了。

「之後，我調回台灣，剛回來報到沒兩天，就在公司的走道上看見妳。妳抱著一個紙箱，正在和同事說話。那個瞬間，我忽然覺得很想念妳。後來有天晚上，我跟同事喝完酒，在回家的路上，一個人坐在公車上晃呀晃的，看著車窗，然後就傳了訊息給妳。只是，那個時候的我，並不能確定自己是不是真的已經喜歡上妳，我必須說，我當時沒什麼把握。我的果斷，我的判斷能力，全都沒辦法作用。

「現在回想起來，我想，有一部分的自己，並不願意承認對妳的感覺。承認之後，自己就會變成自己最討厭的那種王八蛋，背叛女朋友的惡劣傢伙。說真的，我以前真的超討厭那種人。我也不知道為什麼，反正就是討厭。結果，我呢，最後還是變成了自己最討厭的人。」

說到這裡，成以勳停了下來。

雖然看不見他的臉，但我猜，也許他正茫然凝視著半空中的某一點。

「……我至今仍然不懂，那個『觀察期』究竟是怎麼回事。」我說。

成以勳沉默了一會兒，「要聽真心話嗎？」

「嗯。」

「因為，那是我最混亂的時候。說來好笑，讓我混亂的既不是她也不是妳，而是我自己。」

「你自己？」

成以勳點點頭。

「我知道妳對我的感覺，也很確定。但是，同時間我卻不知道自己在做什麼。以前從來沒有這樣過。我的意思是，我從小到大就不是個會猶豫的人，我的人生總是非黑即白，清清楚楚，可是那陣子，每當我獨處時，我就會不停地問自己，這真的是我期待的嗎？我有信心能好好愛妳嗎？會不會哪天我又因為別人，而傷害妳？我從來沒想過要傷害承嫣，但結果呢？既然如此，會不會哪天我也傷了妳？這個問題一直在我腦海中打轉。另一方面，我同時問自己，我跟她的過去已經真的結束了吧？我迫切希望能在這些問題裡找到肯定的答案。也許妳不能理解，到底為什麼我會在這些問題中鬼打牆……那真的是第一次，以前的我，從來沒猶疑過，說起來，我根本不知道怎麼面對這些疑問。」

我忍不住說道，「你知道嗎，你的疑問就像女生的婚前恐懼症。」

成以勳輕笑，「簡單來說，就是對未來沒信心，對自己的選擇沒信心，這樣嗎？」

「後來呢？」我平心靜氣地問，「那你後來為什麼又得出了否定的結論？」

「後來，她從日本回來，中間發生了一些事，我只好再陪她去一趟日本。這些事，我答應過她，不告訴別人。如果可以，我很想告訴妳，那麼，妳就不會那麼難過了。」成以勳說道，「不過我也得承認，那時還夾雜了另一個理由，就是我錯估了妳。我以為，妳沒那麼喜歡我。」

聞言，我真不知作什麼反應才好，千頭萬緒，別說剪不斷理還亂，我根本連怎麼下手剪都不知道。

這時，窗外響起了雨聲，淅瀝嘩啦地打在鐵窗的浪板上。空氣一下子變得濕冷，我本能地往被子裡縮。遙遠的地方響起了救護車行經的警笛聲，我想著下著雨的柏油路面也許會積起小水窪，先是反映出救護車的紅色燈光，然後那輛救護車疾駛而過，濺起水花也說不定。

「我不知道妳相不相信，不過，我是到了第二次去日本，才終於明白這些。」成以勳淡淡地說道，「……我想講的，都講完了。」

我發出了模糊的鼻音表示聽到，然後不確定是自尊、憤恨還是其他情緒，促使我再度掙扎起來。這次他沒困住我，我順利地坐起身，幽暗的房間裡，即使有雨聲打擾，仍然可以聽見彼此的呼吸聲。

我下床，抓起衣服離開成以勳的房間，而他，並沒有攔阻我。

08

「妳的臉色看起來就像連續吃了三天絞成細絲的帳單當晚餐。」

走出一樓大門時，組長冷不防出現，嚇了我一跳。

「組長？」

「一早起來就看到小貞留言，要我過來看看妳。」組長像是在解釋給小朋友聽似的，逐字說著。

「喔……」我一時反應不過來，腦海裡迴盪著組長剛剛那句話。絞成細絲的帳單。

什麼啊。

「發生什麼事了？」組長問道，「妳氣色很差，表情也很僵硬。」

這真是個好問題。

發生什麼事了？嗯，我也很想知道。

「組長，我今天可以請假嗎？」我忽問。

雖然我都已經換好衣服，穿著高跟鞋，揹著皮包下樓，只差沒走到捷運站。我本來確實打算一如往常上班。

「工作上沒有什麼不能准假的理由，但是妳看起來很異常，我不放心。」

「我——」我考慮了一下，說道，「並沒有什麼了不起的大事，不過我確實心情不好，腦筋也很混亂。今天並不是完全不能工作，只是，如果可以的話，我更想一個人靜靜。」

組長望著我，雙手抱胸，「我早上出門時已經請我媽整理小貞的房間。小貞信上說妳會過來住一陣子。」

「不好意思，給你和伯母添麻煩了。」

「只是借個房間而已，有什麼麻煩。」組長想了想，「妳上午就不用進公司了，下午如果狀況好一點，再進來吧。」

「謝謝組長。」

「妳等下要去哪？」

我搖搖頭，「不知道，可能就上樓回家睡覺吧。」

「無論如何妳都得回家一趟，不管要去哪，至少得把兩隻不一樣的鞋換了。」

低頭一看，我這才發現竟穿成同款但不同色的高跟鞋，一棕一黑。

「有什麼事跟我聯絡，小貞不在，但我在。」組長拍拍我的肩。

我感激地點點頭，「謝謝組長。」

□

後來，我回到樓上，在客廳裡坐了幾分鐘。

有些茫然地看著如鏡般的電視畫面反照出自己。

看起來還真落魄。

又坐了一會兒後，我起身到玄關，換好鞋子，出門時聽到成以勳房中傳來動靜，我很快地拿起皮包，開門離去。

下樓梯的時候，仍不知自己應該往哪裡去，出了門，穿過長長的巷子，最後走進一家路過多次卻從來沒進去過的法式裝潢早餐店。

幾乎是在沒有意識的狀況下，我點好咖啡，一份三明治，隨便找了個角落坐下。因為是早餐店，即使裝潢看起來很時尚高雅，花了不少錢，但桌上還是不能免俗地留有店內的報紙，長條座位的角落還放著幾本雜誌和書。

雖然我不會抽菸，可是在此時此刻，卻產生了一種「應該點一根菸、靜靜地看著店裡人來人往」的感覺。我知道這想法很蠢，但是，再怎麼樣也沒有昨夜糟糕。

現在想來，真正最糟糕最糟糕的部分並不是就這麼無預警地跟成以勳過夜。

而是，在他懷抱之中，聽著他訴說時的我，竟然真的逐漸相信他。

相信是因為時空和一些令人討厭的機緣所以沒能在一起。

相信他全部全部的話。

相信這個人是喜歡自己的。

嗯，我對自己說，那可不行，如果相信，就太糟糕了。

□

房東阿婆家位於青田街，在錯綜複雜巷弄裡，是一間看似應該屬於政府或學校的古老日式宿舍，圍牆附近有著天胡荽和蠅翼草。簽訂合約時我去過一次，庭院雖然不大，也不能算是整理得十分整齊，不過卻帶有一種日式荒疏的復古美感。

阿婆打開大門時，看到是我，非常驚訝。

「啊，妳不是唐小姐嗎？」房東阿婆穿著深灰色的直筒連衣裙，瘦小的腳上套著白襪子。「有什麼事嗎？」

「不好意思，」我直截了當地開口，「我想跟您談談退租的事。」

本來預期房東阿婆聞言會明顯不悅，但我估計錯誤，阿婆只是點點頭，招呼我進去，「萬一沒人在，啊妳不是白跑一趟……」

我其實無所謂，沒人在的話也不會怎樣。

「不好意思，突然來打擾。」

「嘸要緊啦。」房東阿婆回頭一笑，「我來泡個茶。」

「不用麻煩了，真的。」

「要啦，我這兒，難得有客人哩。」

阿婆請我在客廳坐，自己走到後頭的廚房燒水去了。

這裡的客廳全是早期的深色木頭傢俱，地板和木頭飾板也全都保留著古樸的時代感，空氣中飄著淡淡的焚香味。跟電視裡看到的日式房屋差不多，牆上的木頭橫條上擺滿了許多照片。

其中有一張黑白照是個理平頭年輕男子，看起來似乎只有二十幾歲，眉目之間跟成以勳有幾分相似，尤其是那股同時兼有倨傲與沉穩的衝突氣質。

「來來，這是阮孫從日本帶回來的羊羹。」阿婆端出一個黑漆小托盤，上面放了兩盤點心。」

「啊，不好意思，謝謝。」

「不用客氣啦，沒客人來，我也不會打開來吃。」阿婆在我對面坐了下來，「唐小姐今天來——啊，妳說妳想要退租是不是？」

「嗯，租約到年底，不過，我想提早解約。」

說歸說，其實我是臨時起意跑來的，根本也沒帶合約，因此也不知道合約裡提早解約的罰則是什麼，直到現在我才想到這點。

阿婆轉頭看了一下牆上日曆，「不要住滿嗎？只差一個多月了哩。」

我點點頭，「是啦，有別的規劃，不好意思。」

房東阿婆很理解地笑了，「嘸要緊啦，押金我會都退給妳啦，橫直距滿期也只剩一個多月。」

「謝謝您。」

「啊，吃點心啊，水好像滾了，妳先吃，我去泡茶，馬上來。」阿婆匆匆起身。

我再度打量這間彷彿時光停留不前的老客廳，很意外，這裡竟給我一種寧靜感。許多不安與煩悶，彷彿被隔絕在圍牆之外。

客廳裡沒什麼先進的3C產品，除了一具古董級的黑色有線電話之外，再來就是角落裡的一台老電視。真的是老電視，現在應該很少人見過吧，那種厚厚方方，頭上還長兩根天線的款式。怎麼看都覺得那台電視比我還老。

「那台電視，已經不能看了。老古董啦。之前偶爾還有聲音，現在什麼都沒有了。」阿婆端著茶，走回客廳，「來啦，飲茶。」

「謝謝。」我說。

阿婆放下茶，順了順裙子坐下，「唐小姐要搬，我覺得好可惜。以前就覺得妳很有我的緣。」阿婆頓了一下，「啊對了，是不是我孫子搬去之後，妳覺得不方便？」

「……」還真不知道怎麼接話好，房東阿婆什麼都不知道吧。

「再給它泡一下，味道還不夠。」阿婆停了一下，喝了口熱茶，「我呷妳講，阮孫真的是沒話說，很乖。雖然唔係內孫，不過，所有晚輩裡面他尚乖、尚聽話……不是我在說，他從小就很聰明，很多很多女生喜歡他……什麼都好啦，也很孝順，不知替伊爸還了多少人情。」

「是喔。」我垂下眼，茶杯讓手心變得暖暖的。

「係啦，真正足乖，真善良。他以前的女友來拜託，來求他，他也是鼻仔摸摸就去啊。」

我聽不太懂，「拜託他？」

還「求」他？

房東阿婆點點頭，大概是很久都沒有人可以聊天，我一問，更添話性。

「就好像說那個女孩子的阿公住外國，快要不行了，要見最後一面，那個女生就來拜託阮孫，跟她一起去。」阿婆說道，「明明就沒鬥陣啊……是說，那個女生也很可憐啦，沒父沒母，長得漂漂亮亮的……也不知道當時為什麼要分手……」

我似懂非懂，忍不住問道，「可是……那個女生，她阿公，為什麼一定要她帶——呃，帶男朋友去？」

房東阿婆想了想，「我是聽我女兒講，這個女生的阿公，以前對我女婿家有很大的恩惠啦……所以阮孫跟那個女生才會一起那麼久。但是厚，到底為什麼，我好像聽過就忘了。人老了記性不好啦。」

「您的女兒，就是——成先生的媽媽，對吧？」

「係啦係啦！阮就孤查某仔（只有一個女兒）啊！」阿婆說道，看看四周，有些傷感，「阮頭家結婚兩年就過身啦，妳看，那張，那張相片就是阮頭家啦，英俊喔？阮乙欣（以勳）足親像伊啦。」

她指著我方才注意到的那張黑白照，原來那是成以勳的外公。

接下來話題沒再回到成以勳身上，房東阿婆開始聊她自己年輕時的事。她如何認識成以勳的外公，如何違抗媒妁之言，非成以勳外公不嫁，結婚之後小倆口如何開始經營小生意，以及懷了成媽媽不久之後，成以勳外公卻也發現肺病。

後來，故事講完，茶也喝完，我準備告辭，房東阿婆叫我再坐一下，她進房一會兒。不久後，她帶著一個小信封出來，交給我，說是退給我兩個月的押金，要我點點看。我問她合約作廢和交屋驗屋的事，她說她懶得處理，會再交代成以動看著辦。

「真可惜，」送我到大門時，阿婆還在叨唸，「我一直覺得跟唐小姐妳足有緣。」

我微笑，「謝謝您的照顧，請多保重。」

「好好，有閒再來坐啦，我泡茶給妳喝，羊羹還有很多哩。」

□

我看看錶，下午三點多。

天氣很好，空氣不怎麼樣，但還不至於需要口罩。

走出青田街後，我想了想，從大安森林公園站搭上捷運，決定去把手機重新辦好。

而且，我都差點忘了——

接下來要處理的，還有強者我老母的部分。

那個，絕對是狂風暴雨等級的了……

正要邁步時，有個意想不到的人迎面而來，我不禁發出驚呼，而對方聽到我的聲音後，也同樣輕聲叫了出來。

□

在 Seven 落地窗前，周承嫣和我同時看著窗外，她捧著熱拿鐵，我的面前則放了一瓶原粹烏龍。

「真的好巧喔。」她空出一隻手，撥了撥長髮，說道。

「嗯……」

「是不是覺得有點尷尬？」

不尷尬才奇怪吧。「有點。」

「昨天後來，妳還好嗎？」

我分不清這問候是什麼意思，單就字面上回答，「喝醉了，完全喪失意識。」

「妳真的酒量很不好耶。」她道。

「……為什麼這話聽起來像是妳早就知道？」

她發出「唔」的聲音，細而緩地說，「因為我很無聊，一直煩他，叫他講妳的事。」

「……喔。」成以勳大笨蛋，人家叫你講就講。

「妳都不會問他我的事嗎？我以為女生都會好奇情敵的底細。」

有什麼好好奇的，我都慘敗了，知道也沒用吧。

「嗯，老實說，有一陣子我真的超恨妳的。」周承嫣忽道，「在我跟以勳分手之後，聽說他跟妳走很近，我覺得妳是史上最大絆腳石。」

雖然她口氣淡然平穩，但是被人當面這樣說，還是挺不爽的。

「我每天都在想啊，如果世界上沒有妳這個人就好了。真的喔，真的一直一直這麼想喔。但是呢，自己也知道，當初提分手的可是我本人耶，超後悔的。」像是姊妹聊天似的，她不停地說，「如果可以，真的好希望時光倒流噢。我只是覺得很無聊，想知道以動到底有多愛我而已，到底為什麼就這樣回不去了呢？這件事我到現在還想不明白。然後，又聽到妳的事，我超生氣的。」

「這……妳認真的嗎？」本來不想搭話，可是沒辦法，「妳只是因為想知道他有多愛妳，所以提分手？」小姐這不是在玩啊！

她嘆了口氣，「我本來以為他會滿分通過這個試驗的。真的噢。」

「拿這種事來玩，真是服了妳。」

「妳態度很差耶。」她豎眉，但隨即換上苦笑，「我蠢啊。結果，後悔也來不及了。那時真是恨死妳了。我有剪很多紙人，把妳名字寫上去再用筆戳。」

「……妳覺得跟我說這個好嗎？」

不知道周承嫣是過度天真無邪，還是搞笑，她看向我，「就是事過境遷了，才能這麼冷靜地說明呀。」

我嘆了口氣，「所以妳想表達的是？」

「嗯……我想想……大概就是，過了這麼長的時間，我確實最近慢慢能釋懷了。感情這種東西，沒事還是別考驗它比較好。我還領悟到，我應該憎恨的不是妳，而是讓妳在那個當下，出現在以勳眼前的『命運』，或者說『時機』。這一切都是命運啊，如果不是妳，也許是別人，總之，在那個時空裡，他一定會遇見我以外的人，也因為這樣，我給他的考驗本來就註定失敗。」

雖然不是朋友，甚至連「點頭之交」都算不上，但我還是問了：

「妳覺得是命運安排？」

她望向窗外，「不是個完美答案，但至少可以讓我慢慢放下。不然，我只會整天悔恨自己為什麼要跟以勳提分手。」

我不置可否，喝了口茶。

「……其實我也知道……他第一次調去日本之前，我們本來的感情就已經很淡薄了。該怎麼說才好，那些日常，重複又重複，雖然沒什麼大風大浪，可是，也就那樣了吧。吃飯逛街旅遊看電影，真的好重複。我常想，就這樣了嗎？不應該只是這樣吧之類的。我以為，那個試探，可以讓他重新追我一次，我們再戀愛一次。我真的這樣以為喔。」她說著，搖搖頭，「我是笨蛋。」

不，我現在覺得，我們三個人都是笨蛋。

三個都是，

真心不騙。

「妳昨天是跟誰一起吃飯啊？」她忽問。

「我媽，還有她男友、男友的兒子。」

「咦，不是相親？」

「不是。啊，也不能說不是啦，算是。」

「我走的時候，看到妳用蛋糕刀丟以勳。」她捂嘴笑了，「很奇怪，我一邊走出餐廳，一邊大笑，笑到眼淚都流出來了。後來上計程車之後，我開始哭，司機一副很怕我去尋死的樣子。」

好像有點明白，但其實不太明白。

「命運啊，」她強調著，「妳不覺得命運真的是很可怕的東西嗎？」

「那……那個不能算是『東西』吧。」

「……也對。」

我終於主動看她，「對了，妳耗在這裡沒關係嗎？妳是住這附近，還是？」

「喔！」她忽然低頭打開皮包，「我是要拿清償證明給以動媽媽，以動媽媽的公司在附近哩，啊，聽說以動外婆好像也住在這一帶。妳看，就是這個。」

「不、不用給我看沒關係。」

「是嗎？該還的終於還完，以動媽媽應該可以放心了。」

「清償證明這種東西，應該是銀行發的吧？妳去代領嗎？」

「不是銀行，之前以動家跟我爺爺借款。我爺爺的日本太太非常非常有錢噢，在日本經營很多家高級懷石料亭呢，而且跟政治人物也都有交情。所以嚴格來說，應該是跟我爺爺的日本太太借錢才對。」

——我是聽我女兒講，這個女生的阿公，以前對我女婿家有很大的恩惠啦……所以阮孫跟那個女生才會一起那麼久。但是厚，到底為什麼，我好像聽過就忘了。人老了記性不好啦。

「……是這樣啊。」心裡想的卻是，爺爺的日本太太，那台灣太太呢？算了，這不是八卦的時候。

「還有，以前以動媽媽送過我一只金戒指，我也要拿去還她。」她聳聳肩，「已經不需要了。妳知道什麼叫『斷捨離』嗎?日本非常流行噢。」

「……我以為那是叫我把家裡雜物都清掉的意思。」

「家裡的雜物不重要，重要的是人生裡的『雜物』噢。」

我看著她小巧可愛的側臉，忽然有種「如果不是因為成以動而認識她，也許能成為朋友也說不定」的感覺——

不過這念頭很快就煙消雲散，還是別了吧。

□

「我其實，後來呀，愈來愈不確定，究竟是對妳的競爭意識，還是對以動的愛，讓我那麼無法接受他不想復合的現實。」最後，在設計得十分華麗的捷運站入口分別時，她說道。「但，已經都無所謂了。被同一件不開心的事綁住兩年，妳能想像嗎?就整個人生來說，其實非常非常不划算噢。」

最後，我對她點點頭。

「說的很對。」

□

新手機簡直就像超級英雄電影裡的道具。以前不覺得，但現在有種自己似乎快要變成3C白痴的感覺。還好舊手機裡的SIM卡完好如初，只要放進新手機就可以了。我一個人在電信門市附近的咖啡店裡，默默地安裝SIM卡，打開手機，進行設定。這家不起眼的昏暗咖啡店播放的音樂，出乎意料很對我的味。

連上網路之後，我的Line幾乎是處於爆炸的狀態。

當然，我不是什麼重要大人物，什麼一秒鐘幾十萬上下的大紅人，沒那麼多人找我。傳Line找我的人只有一個，那就是強者我老母。她讓我見識到，原來未讀消息的小紅點真的可以到四位數。

我點開信件匣，組長和齊貞都有來信。組長要我明天得準時上班，問我需不需要開車來協助我搬家。齊貞說伯母已經整理好她的房間，我隨時都可以過去。我分別回了信，也回覆了純嘉寫來問候的mail，她祝我生日快樂，以為我是為了慶生才請假。

仔細想想，今年的生日很奇妙。

好多好多長期以來一直佔據我心中的事，分別因不同的機緣與巧合，找到了出口。這是長久以來我都在期盼的事——我想要好好告別那些自己重複咀嚼的悲傷情緒，我想要肯定自己，我想要不再覺得成以勳欠了我，我想要往前。而這些，彷彿都已經得到了釋放。

我不確定是成以勳那算不是解釋的解釋奏效，還是自己像是被雷打似的突然看開，我消化著他說過的每句話，同時也問自己，到底怎麼想。當然，一時半刻不會有結果，我甚至也不確定，是不是真的需要什麼樣的「結果」。

□

——妳為什麼喜歡我？

——沒有理由啊。一定要有理由嗎？

——不。並不是一定要有理由。只是在想，沒有理由的喜歡是怎樣的喜歡。

——其他女生喜歡你都有理由嗎？

——大致上可以歸類成喜歡我的長相啦喜歡我的氣質啦喜歡我的能力啦……說不完耶，畢竟我優點太多了。

——你真的很自戀耶。

——說不定，妳就是喜歡我自戀。

——最好是。我又不是瘋了。

——自戀不好嗎？我的自戀帶給妳多少吐槽樂趣呀，是很實用很實用的自戀。

——很實用很實用的自戀？還真不是普通有創意。等你的自戀會買消夜給我吃、賺錢給我花的時候再來談「實用」吧。

□

在 Seven 亂晃時，以前和成以動聊過的蠢話浮現腦中。有點懷念，有點傷感，也有點終於可以當作往事而不是傷痕看待的輕鬆。

拎著便當爬上樓梯，沒想到成以勳也正好站在三樓的樓梯間，手上拿著鑰匙。我們都愣在原地幾秒，然後他無聲一笑，打開門鎖，推門讓我先進屋。

「……下班前，我接到我外婆的電話，」他打開客廳電燈，「說妳要退租。」

「嗯。」

「也收到周承嫣的訊息，說在大安森林公園附近碰到妳，跟妳聊天聊很久。」

「嗯。」

「糖糖……」

「嗯？」我仍背對著成以勳。

「妳找到新房子了嗎？」

「我暫時會去住齊貞家。」

「今天晚上……會留在這裡？」

成以勳的語氣有點顫抖，不過很可能只是我錯覺。

「會吧，畢竟東西都還沒收拾呢。」不是什麼很文藝腔或者故意要他挽留的矯情答案，現在的我已經不需要那些了。「怎麼了嗎？」

「一起看電視吧。」成以勳提出了一個相當日常、平凡、普通的邀約，「今天播大結局呢。」

「啊，已經要大結局啦？」

「是啊，大結局。」他重複了一次。

「好啊，一起看。」我輕快地說，「反正，是最後了。」

從來沒想過，連續劇的大結局跟我們的大結局，會是同一天。

忽然間，我覺得似乎真的有「命運」這回事了。

□

看看時間，連續劇差不多要開始了，我把長髮紮成常綁的呆呆丸子頭，穿著睡袍拖鞋打開房門。客廳只亮著一盞桌燈，空無一人。

我走到成以勳房門，敲了敲，「要開演了。」

但沒有人回應。

我走回客廳，拿起遙控器打開電視，主題曲快唱完時，成以勳才打開家門。「還好趕上。」他拍了拍身上的雨水，「突然下雨，下沒一會兒又停了。」

「你去哪啊？」其實已經聞到食物香味。

「半夜看電視怎麼能沒消夜呢？當然是去買消夜了。」成以勳把幾袋食物放在茶几上，脫下風衣掛好，「今天雞排休息，豬血糕和烤香菇有買到，太晚去了，香菇只剩兩串。另外還有奶油口味車輪餅，軟了不好吃，請優先食用；酸辣蒜味的山豬肉香腸；沙威瑪不加蕃茄；烤玉米不辣。」

全部都是我去逛夜市時的必備清單。

我想起很久以前，成以勳跟我要過這張清單。

我問他要來做什麼，他只回了兩個字「研究」。

那時很單純覺得甜甜的，開心，如今看到他的「研究成果」，卻是滿滿的感傷。

成以勳從冰箱裡拎來兩瓶可樂，坐了下來。

「分秒不差。」他用很輕鬆的語氣說。

「真的。」我看著茶几上的食物，「欸，幫忙吃。我吃不完。」

「怎麼可能，我對妳有信心。」

「哪來的信心……我是說真的，吃不完。」

成以勳笑了笑，「妳先吃吧，吃剩的我再來處理。」

「那時就冷掉了……」

「真拿妳沒辦法。那妳告訴我，妳哪個不想吃。」

「這個還有這個還有這個。」

「……妳根本是把高熱量的都丟給我嘛。妳這樣身上的上等肉會營養不良喔。」

「上什麼等肉啊！」我忍不住拍他一下。

成以勳趁勢捉住我的手，一把將我拉進他懷中。

「幹嘛，放手。」可惡，有在運動的人果然很難推。

「別動，噓，別動。」成以勳的聲音從我頭頂上方傳來，低而緩。「別說話。」

「這樣我沒辦法看電視。」因為清楚聽到他急促的心跳，我不自覺地降低了音量。

「別看電視，看我吧。」成以勳低下頭，捧起我的臉，「……這樣真的好嗎？」

我避開他的目光，「我不懂你的意思。」

「別走。」他像是囈語般重複，「別走。」

我沒回應。

他再度擁我入懷。

從初識他時到現在，所有發生的事像是跑馬燈一樣在腦海裡輪播。白天時我以為我已經得到的解脫感消退得一乾二淨，既酸又甜且苦的感受隨著他的心跳起伏著。我想著他的話，想著自己，想著很久很久以前的觀察期，想著我們曾說過，如果在一起，那麼要去旅行，他會帶我去看粉色的櫻花。

——不要白的。

那時我說。

他答道：

——只看妳喜歡的。

——只看我喜歡的，那你看什麼？

——妳。

但那時的期待，最後成了一場空。

現在呢？

以後呢？

愈想，愈覺得自己無力承受。

我再度使力，成以動鬆了手。

「為什麼？」他低啞地問。

「我經不起再傷一次。」我說。

「不會的。」他伸手，滑過我的耳廓，平靜地注視我，「妳願不願意——再相信我一次？」

「相信你？」

「不，應該說，」他緩緩說道，「妳，願不願意再相信愛情一次？」

「……那需要很大很大、很多很多的勇氣。」我咬著唇。

他輕淺一笑，拇指指尖輕阻我這麼做。

我不解地望著他。

他的指尖停在我的唇上，「別弄傷我的所有物。」

「啊？」

「我只是告訴妳，現在，它是我的了。」

他低側頭，不容拒絕地吻上我，掌心撐托著我。

熱浪從四面八方湧來，層層推前，幾乎就要把我吞噬……

「所以，妳沒有要搬來我家了嗎？」齊貞在手機另一端大叫，「而且，妳現在竟然是跟成以勳住在一起？！」

「嗯啊，真的很抱歉……嚇到妳了吧？還連累伯母和組長……」

「那沒差啦。反正我年底要回台灣一陣子，我媽就當作早點替我打掃房間。只是，欸，成以勳耶，那個混帳王八蛋耶！妳怎麼會——等一下，等一下——妳之前不是說他帶著女朋友出國了嗎？中間到底發生了什麼事？」

「啊，這個……說來話長。」又長又複雜。

「妳不能簡單說嗎？」

「簡單說喔？那就是——我跟成以勳意外重逢，意外變室友，意外解開以前一些事的心結，意外在一起了。」

齊貞超不相信，「妳確定妳不是備胎或者小三？」

「呃，我是沒找徵信社查過啦，但我想應該不是。」

「可是，妳之前很恨他——」齊貞忽然打住，停了一會兒，「算了，這一體兩面，不喜歡他不愛他，也就不會恨了。」

「噗。」

「妳別笑！」齊貞兇狠地說，「這下我對我哥『歹交代』啊啦。」

「組長怎麼啦？」

「我完全不知道成以勳『敗部復活』的事，所以還盤算著等妳住進我家之後，我哥就可以天天接送妳上下班，到時我們就可以哼哼嘿嘿哼哼嘿嘿了。」

「到底什麼是『哼哼嘿嘿』啦！」

「小孩子不懂啦。」齊貞忽然誇張大嘆一口氣，「我哥要哭哭了。」

「組長是正派好人，把我當妹妹一樣。」

「嘖嘖嘖，雙重好人卡。又是『正派好人』，又是『當妹妹一樣』，雙殺出局。」

「雙殺不是這個意思好不好。」

「妳管我。」齊貞道，「不過，我也是挺佩服妳跟成以勳的勇氣。我自問沒本事跟 David『再來一次』，會死人的。」

「妳年底回台灣，他也一起嗎？」

前兩年 David 都有陪齊貞回來過年，我還跟他打過牌，他中文不太行，但牌打得不錯。

「嗯，當然不會，我們分了。」

我忍不住大叫，「什麼？！」

「……跟妳一樣，這也是一個說來話長的故事。唉，反正我每回台灣都很閒，到時再花三天三夜邊哭邊講給妳聽吧。」

「妳還好嗎？」

「聽我的聲音，妳覺得呢？」

我想了想。「大概已經過了最痛苦的時期吧。」

「果然是好朋友，夠了解我。先這樣吧，我明天得早起，開車去亞特蘭大，漫漫長路呢，先去睡了。晚安。」

「真的是漫漫長路，那晚安啦。」其實不太知道亞特蘭大在哪裡，只知道美國有一個，說不定別的國家也有。

通話結束後，我把手機插上充電線，對著鏡子拿下髮夾。

成以勳不悅的聲音從後方冒出來，「──我就知道，鄭齊貞不懷好意，原來是想促成妳跟她哥。」

「你什麼時候出現的？」

「出現很久了，妳自己沒注意到罷了。」成以勳坐在我床上，背靠著牆，正在滑我的 iPad。

「你要幹嘛啦，回你自己房間去。」

「妳不是要我幫妳找那部的最後大結局？」

啊，對，後來那天晚上並沒有看到大結局。

「不找也沒關係，仔細想想一定是好結局。」我開始梳理長髮。

「這倒是。大結局最後一幕其實跟第一集一樣，都是女主角在廁所裡打了男主角一巴掌。」

「繞了一大圈，還是回到原點。」我說。

成以勳放下 iPad，看著鏡子裡的我，「……就跟我們一樣。」

「嗯？」

「即使中間發生了許多事，最後還是能回到原點。」成以動溫柔一笑，「而我們的原點，叫作『喜歡』。」

我從鏡子裡看著成以動，他也回望我。

不知為何，我忽然想起了那天盲目約會時在餐廳裡聽到的一首老歌。

「別找大結局了，找一首歌給我吧。」我轉身看向他。

「什麼歌？」

「〈Sway〉，1954。」

成以動失笑，但乖乖開始找，「1954，那首歌比我們爸媽還老。」

「不行嗎？」

他找到了，iPad 開始播放。

然後他下了床，把坐著的我扶起，掌心貼掌心。

「你要幹嘛？」

「傳送內力給妳。廢話，當然是跳舞啊。」他大笑，然後讓我轉了一圈。

我也笑了，最後倒在他懷裡。

我，很慶幸，選擇了相信愛情。

I can hear the sounds of violins
我能預先聽見小提琴的聲音
Long before it begins
早在它響起之前
Make me thrill as only you know how
只有你知道，怎麼讓我有觸電的感覺
Sway me smooth, sway me now
輕柔流暢地擺動吧，與我共舞吧

——〈Sway〉．Dean Martin．1954

很久很久以後

「你什麼時候會覺得幸福？」

「幸福啊……很多時候都會。看妳怎麼定義幸福吧。」

「嗯……什麼時候會讓你很自然地笑出來。」

「這個嘛……好比說，收到妳訊息的時候，妳問我可不可以陪妳去跟伯母陪罪的時候，妳在餐廳點了一堆食物吃不完然後推給我的時候，妳拿著奇怪顏色染髮劑要幫我染頭髮的時候，妳叫我襪子要單獨洗的時候……話說回來，妳一邊扠腰一邊揮舞那隻臭襪子的樣子真的很可愛。」

「那，不幸福的時候？」

「不幸福的時候啊……觀察期結束到重逢之前，我都不幸福。」

「那個『我們不適合』是你自己說的，可不是我喔。」

「所以我為我的愚蠢以及缺乏勇氣，付出了長達超過八百天的不幸福代價。」他緊緊擁住我，「不過，以後再也不會不幸福了。」

「是嗎？」

他笑了，輕吻落在我鼻尖上。
「那當然呀。」

The End

後記

好久不見！

首先，很開心又跟大家見面了。

距離上一本《戀愛偏差值》已經過了非常非常久。

中間因為正職工作和私人緣故，臉書專頁和出版計劃都停擺很久，雖然想說聲不好意思，但又覺得說不定根本沒人在等本Xi的新書啊（遠目）。

首先要聊聊出場的人物們。糖糖跟成以勳，很可能是有史（？）以來最最最一般，最最最矛盾又笨的雙人組。本Xi一開始沒想太多，只是寫著寫著，忽然覺得糖糖和成以勳就是日常生活隨處可見的人們——就像前面說的，矛盾，智慧不足，對自己的選擇猶豫，總是缺乏一點往前衝的勇氣，也許一直以來都搞不清楚內心的渴求和想法——這些，不就是我們平凡人的平凡性格嗎？也因為這樣，這兩個人物似乎沒辦法那麼討喜，比較喜歡夢幻浪漫、痴心情長的朋友們，很可能會覺得兩人都不夠浪漫，也沒有童話般的感覺。

不過，這故事本身就是基於現實。現實有很多，人的感情會隨著時空環境流動等等，或許糖糖以勳不是那種王子和公主的CP組合，但正因他們曾經各自走過了許多的不確定、許多的猜測，最後面對的情感會是更真實且紮實的。

言歸正傳，這次的故事可以說是真人真事改編，確實就是有個像糖糖一樣被一段感情困住許久的女孩，最後繞了一大圈，又重遇了當初傷她的男孩子，更糟糕的是，她其實一直都忘不了那個男孩子。其實，這也是我們日常生活中很常發生的情況——你／妳願不願意再相信對方一次？不，或者應該說，你／妳，願不願意再相信愛情一次？

人生有時候會出現許多身不由己的情況（本Xi小時候一直以為上學就是其中一種XD），有時在工作上，有時在人際上，有時則在愛情上。或許有的朋友會覺得，成以勳一開始的決定就錯了，但也許我們自己站在他的立場，面對那樣的情況時，所做的選擇也可能出乎意料地一致。有時候，在做決定時，有沒有那1%的信心，結果會完全不同，本Xi認為，成以勳當年就剛好缺乏那1%的信心，才會放棄糖糖吧。

人活在世上，很多事情錯過不能重來，好在小說可以。因此，這個故事要特別獻給「曾經錯過、放棄什麼，而感到遺憾不已」的朋友們。也許年紀小一點的讀者朋友會覺得這個故事很平淡，不過，有時幸福，就是平平淡淡（講得好像自己經過很多大風大浪似的XD）。

祝福大家在平淡的日子裡，也能擁有踏實的幸福（愛心）。

袁晞

All about Love / 33

一如初見

國家圖書館出版品預行編目資料
一如初見／袁晞 著.
一初版.一臺北市：春天出版國際, 2018.12
面；公分.一（All about Love ；33）
ISBN 978-957-9609-52-4（平裝）
857.7　　107007478

ISBN 978-957-9609-52-4
Printed in Taiwan

作　者　袁晞
總編輯　莊宜勳
企劃主編　鍾靈
責任編輯　黃郁潔
封面設計　三石設計

出版者　春天出版國際文化有限公司
地　址　台北市信義區信義路四段458號3樓
電　話　02-7718-0898
傳　真　02-7718-2388
E－mail　frank.spring@msa.hinet.net
網　址　http://www.bookspring.com.tw
部落格　http://blog.pixnet.net/bookspring
郵政帳號　19705538
戶　名　春天出版國際文化有限公司
法律顧問　蕭顯忠律師事務所
出版日期　二〇一八年十二月初版
定　價　190元

總經銷　楨德圖書事業有限公司
地　址　新北市新店區寶興路45巷6弄6號5樓
電　話　02-8919-3186
傳　真　02-8914-5524